Moritz Franz Beichl

Männer

Moritz Franz Beichl

Männer

Roman

Residenz Verlag

Der Verlag dankt für die Unterstützung

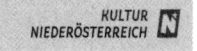

© 2024 Residenz Verlag GmbH
Salzburg – Wien

Bibliografische Information der Deutschen Nationalbibliothek
Die Deutsche Nationalbibliothek verzeichnet diese Publikation in der
Deutschen Nationalbibliografie; detaillierte bibliografische Daten sind
im Internet über http://dnb.dnb.de abrufbar.

www.residenzverlag.com

Umschlaggestaltung: Sebastian Menschhorn
unter Verwendung von »Me quieres o no« von Bran Sólo, 2018

Typografische Gestaltung, Satz: Ekke Wolf, typic.at
Lektorat: Jessica Beer
Gesamtherstellung: Finidr, Tschechische Republik
ISBN 978 3 7017 1785 9

Ich erinnere mich an schlecht artikulierte Satzfetzen.

Ich erinnere mich an Fragmente gesprochener und gebrochener Sprache, ich erinnere mich an die Melodie eigenwilliger Phrasen aus einer alten Zeit, an bestimmte fehlerhaft ausgesprochene Wörter, die für mich in ihrer Fehlerhaftigkeit ehrlicher klingen, als es die anerzogene Richtigstellung je könnte.

Ich erinnere mich an eine Sprache und an das, was sich hinter dieser Sprache verbirgt. An eine Sprache, die mit gesprochenen oder geschriebenen Wörtern die eigentliche Welt aufmacht, die ich täglich in den tiefsten Poren meines Körpers mit mir umhertrage. Diese Fragmente von Sprache sind niemals das eigentliche Spektakel. Diese Fragmente verweisen lediglich tollpatschig und unvollständig auf etwas, das ohne Sprache so gut wie gar nicht mehr heraufzubeschwören wäre.

Ich erinnere mich an Gulasch mit Kartoffeln und Würstchen oder Fisolen.

Ich erinnere mich an: *Warum schwingst du deine Arme so sehr beim Gehen?*

Ein Bild in meinem Kopf von mir und meiner ersten Zigarette, ich war dreizehn, im Skaterpark des Dorfes mit den anderen Kindern, wir waren oft dort, auch wenn mein Skateboard eher als Accessoire diente und kaum seine eigentliche Funktion erfüllte.

Ich erinnere mich an Maisfelder und Baumhäuser und Masturbation und an das Schwimmbad im Garten.

Ich erinnere mich an: *Was soll ich bloß mit meinen Händen machen?* Ich erinnere mich an Selbstgebasteltes aus der Schule für den Vatertag (nicht den Muttertag). Ohne die verpflichtende Vorbereitung eines Geschenks durch die Volksschule hätte man nie im Leben an ein Geschenk für den Vater gedacht. Ich erinnere mich an die Väter meiner Freund:innen und ich erinnere mich an meinen Vater. Ich erinnere mich an eine Unterbrechung, eine Distanz, einen Unterschied. Eine Lücke.

Mein erster Kontakt mit der Polizei. Die noch immer schmerzhafte Erinnerung, dass ich bei *Pizza Hut* Spaghetti Bolognese bestellte und du mich deswegen schikaniert hast, weil ich keine Pizza wollte, und ich mich leise fragte: *Sind die anderen großen Brüder auch so gemein, wie du es zu mir bist, oder liegt es an mir selbst?* Anschließend eine lange Zeitstrecke ohne Erinnerungen an Spaghetti Bolognese.

Ein Fragment der Hilflosigkeit in meinen Gehirnwindungen, nämlich das sich im Hintergrund versteckende und doch den gesamten Körper einnehmende Unbehagen, dass ich vermutlich schwul bin, jedoch gleichzeitig von der Gesellschaft des Dorfes so erzogen wurde, dass ich Schwule hasse. Meine erste Ballettstunde, ich war der einzige Junge im Kurs, und obwohl ich nie aufgehört habe mit dem Tanzen, erinnere ich mich an die erste Stunde und dass ich mir immer wieder sagte, ich würde nie etwas richtig machen. Haufenweise Crème fraîche im Kühlschrank und Sauerrahm, und auch heute noch geben mir die unzähligen Plastikbecher voller Rahm, die im Kühlschrank ganz entspannt wie eine Gruppe Zen-Buddhisten warten, ein seltsames Gefühl von Heimat. *Die Siedler von Catan* und: *Ich spiele aber nur mit, wenn ich Rot bin!* Und ich nahm die Farbe, die übrig blieb.

Der Geruch von Urin, Sperma und Kot.

Dialoge, Monologe und Leerstellen, die nur aus Gedankenstrichen bestehen. Ich erinnere mich an rote Haare und Klischees. Ich erinnere mich an Sommersprossen und dass Thomas sagte, er hätte auch gerne welche, zumindest ein paar wenige, es müssten ja gar nicht so viele wie bei mir sein, und ich damals schwer verwundert darüber war, dass es ein Kind gibt, das Sommersprossen wirklich cool findet. Ich dachte lange, Thomas wollte mich verarschen.

Superheldenfiguren und deren Körper. *Polly-Pocket*-Puppen und deren Körper. Getränke wie Fanta und Sprite und Wasser in Glasflaschen. Geburtstagsfeiern: das Essen, die Spiele, die Erwachsenen, die auf höchstem Niveau performten, bis sie irgendwann nicht mehr konnten. *Musicals sind etwas für Schwule* und der Tag, als ich das erste Mal die *Rocky Horror Picture Show* sah. Es war ein einschneidender Moment: *Da gibt es ja noch eine andere Welt!* Mein erstes Handy: ein unkaputtbares Nokia, und stundenlang bei *Snake* eine wachsende Schlange Äpfel fressen lassen. Kassetten und CDs. Minidiscs. Disketten. Und der Vater: Schallplatten. Die ich schon damals albern fand, eine aufgesetzte Nostalgie, eine Geste, eine männliche Attitüde. Der

Kondomautomat auf der Bahnhofstoilette in unserem Dorf, zehn angesparte Schillinge in den Schlitz schieben, keine Ahnung, was ich nun tun soll. Zugfahrten, Busfahrten und mein immer gleichbleibender Platz im Auto, auch: mein immer gleichbleibender Platz am Esstisch.

Erinnerungen an Hände, Hände mit Dreck unter den Nägeln, mit Narben und dicker Haut, aber auch grazile, feine Finger, die zum Klavierspielen gemacht sind. Hände mit Tätowierungen. Mein Klavierlehrer, der mich während des Unterrichts zum Metzger des Dorfes schickt, um ihm eine Extrawurstsemmel zu holen – jede zweite oder dritte Woche. Mein Cellolehrer. Die Tanzlehrer:innen meiner Kindheit und Jugend, die strenge Kolumbianerin, der Russe, der während des Unterrichts immer einen Stringtanga trug, den wir erblickten, wenn er sich vorbeugte und die Fingerspitzen zu den Zehen streckte.

Es gibt diesen Zustand, der ist für mich das Schönste auf der ganzen Welt, wenn man es schafft, einfach nur dazuliegen und die Gedanken plätschern zu lassen wie einen kleinen, verspielten Bach, der sich mit Leichtigkeit seinen Weg vom Berg ins Tal gräbt und springt und sich windet. Kein gezieltes Nachdenken, kein bewusstes Reflektieren des gegenwärtigen Zustands, sondern ein Abdriften und Vom-Hundertsten-ins-Tausendste-Kommen. Erinnerung und Fantasie, Gegenwart und Zukunft spielen zusammen wie Kinder und nichts hat mehr Priorität als das andere. Oft gelange ich in diesen Zustand – für ein paar wunderschöne Minuten –, wenn ich vor dem Einschlafen im Bett liege. Manchmal werde ich durch den Einbruch der Realität aus meinem Gedankenfluss gerissen und muss mich bemühen, mich wieder in diesen Zustand der freien Gedanken zu manövrieren. Das gelingt mir meistens nicht mehr, wenn ich es zu sehr will, scheitert jeder Versuch, ich kann diesen Zustand nicht erzwingen. Doch hin und wieder gelingt es doch und ich verschwinde im Wolkenlauf vorbeiziehender Gedankenfragmente. Das ist das Schönste.

Meine Erinnerungen sind wie diese Rätsel in den Kinderzeitschriften unserer Vergangenheit, bei denen man mit einem Buntstift verschiedene Punkte in der Reihenfolge ihrer Nummerierung verbinden musste. Selbst als kleines Kind hat man immer schon längst das herauszuarbeitende Ergebnis erkannt, bevor man überhaupt noch die 1 mit der 2 und die 2 mit der 3 verbunden hat, man hat sich selbst belogen, wenn man behauptete, das zu erzielende Endresultat nicht bereits vor sich zu sehen. Dennoch strahlte man und freute sich, wenn man die Außenlinien richtig ergänzt hatte und das Bild nun in seiner Vollständigkeit und ausformulierten Ganzheit erschien (als Kind liebt man runde, abgeschlossene Dinge, nichts ist unerträglicher für Kinder als Unfertiges, Fehlerhaftes, Asymmetrisches oder Elliptisches).

Meine Erinnerungen sind wie diese durchnummerierten Punkte, die es zu verbinden gilt, damit sie durch die strukturierte Verknüpfung mit farbigen Linien einen Gesamtsinn ergeben. Nur dass ich es einfach nicht schaffe, die Punkte meiner Erinnerungen richtig miteinander zu verbinden, um ein endgültiges Bild herzustellen. Einsam und alleine stehen die Punkte da, jeder für sich, nebeneinander, sie wollen nicht zusammenpassen. Sie wollen einfach keine vollständige Figur ergeben, die sich als etwas Erkennbares einordnen ließe. Es scheint fast so, als würden die biographischen Punkte meiner Erinnerungen sich mit ganzer Kraft dagegen wehren, sich zu etwas Brauchbarem und Dienlichem zusammenfügen zu lassen. Sie bleiben Punkte. Einfach nur willkürliche, zusammenhanglose, von einem betrunkenen Wahnsinnigen in den luftleeren Raum geworfene, vereinsamte Punkte.

Was ist es, was ich von dir will?

Will ich Trost von dir? Will ich, dass du mich fragst: *Kleiner Bruder, brauchst du Trost oder Konfrontation? Willst du eine starke Meinung oder ein offenes Ohr? Willst du Unterstützung oder Reibung? Willst du Brainstorming, willst du nüchterne Fakten, willst du eine Pro-Contra-Liste, willst du einen detaillierten, kalkulierten Plan? Willst du gerade eine Pause machen oder willst du ein Gespräch? Willst du Hilfe oder willst du gerade nicht, dass ich dir helfe?* Oder – eventuell – kann es sein – womöglich kann es auch sein –, dass ich von dir einfach nur eine ehrliche Antwort auf die eine Frage möchte:

Mein lieber Bruder.

Warum willst du diese Welt so sehr lieben?

eins

Ich erinnere mich, dass unser Gespräch ein natürliches Ende gefunden hat, denn wir schweigen beide. Ich erinnere mich daran, wie du mich ansiehst, Konrad. Konrad. Mein Bruder Konrad sieht mich an, du siehst mich an, ich sehe an dir vorbei auf das hässliche Bild, das an der Wand hängt, ein abstraktes Blumenbild. Ich erinnere mich an das Bild. Der Hintergrund ist grün und darauf Kleckse und Striche in Lila und anderen Farben, die wohl an Blumen erinnern sollen. Das Bild könnte 20 Euro bei IKEA gekostet haben oder um 4000 bei einer Galerie erworben worden sein, dir traue ich eher Letzteres zu. Dann stelle ich mir vor, wie du über das Bild redest, wie du erzählst, wie sehr dich die Blumen berühren würden, sogar beruhigen. Als du das Bild in der Auslage der Galerie gesehen hättest, denn in eine Galerie würdest du normalerweise gar nicht gehen, hätte es dich verzaubert, sagst du in meiner Vorstellung. Verzaubert. Du musstest es einfach haben. Und das sagst du alles mit einem Selbstbewusstsein, als ob es dir gar nicht peinlich sein müsste, so zu sprechen. Du hast keine Ahnung von bildender Kunst. Ich auch nicht. Ich hasse Gemälde, die erzählen mir zu wenig. Theater und Oper: gerne. Musik: sehr gerne. Auch: Fotografie. Aber Gemälde sind tote Räume für mich. In der Kindheit sind wir mit Oper aufgewachsen, unser Vater hat uns schon mit fünf Jahren in vierstündige Wagner-Opern geschleppt, und davon ist bestimmt etwas hängengeblieben. Doch je länger ich das Blumenbild an der weißen Wand betrachte, umso größer wird die Wut auf diesen Menschen, der mein Bruder ist.

Die Wand ist weiß, so wie alles hier weiß ist, in deinem Haus, ja: Haus. Neubau. Der Tisch ist weiß, die Regale, das Sofa, alles strotzt vor vermeintlicher Reinheit, man könnte hier ein christliches Spektakel veranstalten. Auch wenn du nicht wirklich an Gott glaubst, gehst du manchmal in die Kirche, zu Weihnachten beispielsweise, und hast sogar deinen Kleinen taufen lassen. Was ich nie verstehen werde, meinetwegen taufe ihn halt, aber warum meldest du deinen Sohn in einem Verein an, von dem du selbst nicht überzeugt bist?

Ich erinnere mich daran, dass in unserer Kindheit die Architektur der Gewalt schwarz war. Der Esstisch, der so teuer war, dass man darauf nicht spielen durfte, war schwarz, der Turm, der sich drehen konnte, damit der Fernseher verschwand und dafür eine kleine Bar auftauchte, war schwarz, das Ledersofa, die Glasvitrine mit den Sektgläsern darin, die jeder bürgerliche Haushalt besitzt, alles schwarz und glänzend. Du hast das umgedreht, bei dir muss alles weiß sein, als ob es eine Vergangenheit nie gegeben hätte. Vielleicht würdest du es »Neuanfang« nennen, was die architektonische Gewalt nicht schmälert. Ein weißes Wohnzimmer ist das größte Zeichen hilfloser, männlicher Gewalt. Hier muss alles seine Ordnung haben, hier herrscht Perfektion, hier ist kein Raum für Schabernack. Das Schlimmste: Hier findet kein Humor statt. Weder im schwarzen noch im weißen Wohnzimmer. Hier sind erwachsene Menschen, die erwachsene Gespräche führen, meist über Belangloses, aber wenn es in die Tiefe geht: Dann ist man stolz. Mein Wohnzimmer hat einen roten Perserteppich, ein grünes Samtsofa, einen gelben Couchsessel. Ich denke gar nicht, dass Farben den grundlegenden Unterschied machen, aber mein Wohnzimmer ist nicht der Gewalt untergeordnet, wie beispielsweise dein weißes Ledersofa, das zum Fernseher hin ausgerichtet ist.

Vom Blumenbild sehe ich wieder zu dir, Konrad, wir schauen uns in die Augen, aber sagen nichts. Du bist wunderschön, man sieht dir dein Alter nicht an, na ja, so alt sind wir ja auch noch gar nicht, dein Haar ist noch voll und schwarz. Die Augen wach, etwas erschöpft von den Nächten mit dem Kleinkind, aber das macht dich nur noch schöner. Eigenartig, dass ich meinem Bruder gegenüber kein Verlangen verspüre. Da ist nichts Sexuelles, nichts Erotisches, Freud hätte Langeweile mit diesem Fall gehabt. Dabei bist du so schön und nachts (oder auch vormittags) sehe ich mir Pornos an mit Stiefbrüdern und Brüdern und Vätern und werde unglaublich erregt. Aber in der Realität verspüre ich kein bisschen Verlangen nach dir. Es ist sonderbar: Ich möchte wirklich keinen Sex mit meinem Bruder haben.

Während ich auf das abstrakte Blumenbild starre, das die Leuchtkraft der umgebenden weißen Wand noch verstärkt, schweigen wir beide, und ich stelle mir unweigerlich vor, wie ich bei der Bestattung unseres Vaters vor den Gästen stehen und eine Rede halten werde. Vor mehr als zwei Menschen zu sprechen, löst in mir immer eine so archaische Nervosität aus, dass ich mir dieses Recht erst einmal erarbeiten muss, dieses Privileg, wichtig genug zu sein, um vor anderen Leuten eine Rede halten zu dürfen. Doch in der fantasierten Rede bei der Bestattung unseres Vaters werde ich kein Unbehagen beim Sprechen verspüren, keine Zweifel

haben, mich nicht überwinden müssen. Nur neben-
sächliche Selbstverständlichkeit in meinem Ton.

Es wird unabdingbar sein, diese Rede zu halten: Das
ist etwas, das ich tun werde müssen. Eine klischeehafte
Stimme in meinem Inneren sagt, ich muss meine Worte
an diesen toten Mann richten, damit ich irgendwann
mit ihm oder vielleicht auch einfach nur mit mir selbst
Frieden schließen kann, was auch immer das heißen
mag, aber die Leute sagen das immer: Frieden schließen. Frieden schließen mit den Eltern, vor allem mit
den toten Eltern. Vielleicht gibt es das wirklich, dass
man sich mit den Eltern erst nach deren Tod wirklich
versöhnt. Und du? Du würdest mir einen großen Gefallen tun, wenn du auch irgendwann sterben würdest,
damit ich auch mit dir endlich diesen von den Leuten
heißbegehrten Frieden schließen könnte. Dann würde
ich wieder so eine dumme Rede halten auf deiner dummen Beerdigung und wäre wütend und würde weinen
und die Menschen würden mich umarmen, sie wären
»stolz« auf meine authentische Rede und ich stolz auf
meine Wut. Vielleicht ist es zu viel verlangt, dass du
stirbst, nur damit ich meine Ruhe finden kann, wir
sind ja auch noch halbwegs jung, dein Haar ist noch
voll und schwarz.

Jetzt muss ich mich noch nicht um Kopf und Kragen
schreiben, nach Worten und Sätzen suchen, eine Grab-
rede für einen noch lebenden Toten erfinden. Jetzt sollte
ich vernünftigerweise noch nach einem anderen Weg
suchen, wie ich diesen kitschigen Frieden mit einem
großen Bruder wie dir schließen kann – oder die Vorstellung dieses Friedens endlich aufgeben. Wäre mir
beides recht. Nachdem ich mich jahrelang in der Therapie an meinem Vater abgearbeitet habe, meinte mein

Therapeut vor nicht allzu langer Zeit, dass es nicht nur die Eltern seien, die uns während der Kindheit so stark prägen und unsere Identität und Wahrnehmung formen würden. Das hätte der gute, alte Freud damals nämlich noch gedacht. Aber heute wisse man, sagte mein Therapeut, dass Geschwister das durchlässige, kindliche Individuum genauso stark prägen würden wie die Eltern. Nachdem er diesen Satz beendet hatte, war das nächste Kapitel meiner Therapie definiert.

Ich erinnere mich daran, wie ich vor deinem Haus stehe, ja: Haus. Und ich drücke auf die Türklingel, warte ein paar Sekunden, und nur wenige Momente später öffnest du die Türe, gewährst mir den Anblick deines Gesichts, deines Körpers, du lässt mich in euer Haus. Ich bin pünktlich, sogar zwei Minuten zu früh, wie immer, ich bin immer überall zu früh, eine schrecklich unhöfliche Angewohnheit von mir, aber das kennst du ja mittlerweile schon sehr gut. Wahrscheinlich hast du schon vor fünf oder zehn Minuten mit meiner Ankunft gerechnet. Du öffnest die Türe.

zwei

ICH Hallo, Konrad.

KONRAD Hallo du! Schön dich zu sehen! Du siehst gut aus. Komm herein.

ICH Danke. Kann ich irgendwo meinen Zigarettenstummel loswerden?

KONRAD Hast du das Geld bekommen?

ICH Ja, danke, ich zahl es dir zurück, sobald ich mein Honorar bekommen habe.

KONRAD Ich hoffe jedenfalls, dass dir das eine Lehre war.

ICH Eine Lehre wofür? Ich glaube nicht, dass ich aus der Sache etwas gelernt habe.

KONRAD Du bist bei Rot über die Straße gegangen und hast dich, als du erwischt wurdest, mit einem Polizisten angelegt.

ICH Aber vierhundert Euro ist schon übertrieben.

KONRAD Ich finde das angemessen, du hättest den Polizisten wirklich nicht beleidigen müssen.

ICH Das ist mir schon klar, dass du das als angemessen empfindest. Ich denke nicht, dass ich etwas falsch gemacht habe. Ja, ich bin bei Rot über die Straße gegangen, was juristisch gesehen ein Delikt ist, aber ich habe mich nicht gefährdet. Und auch sonst niemanden. Das Gesetz ist doch nur dazu da, um Menschen zu schützen. Ich habe drei Mal in beide Richtungen gesehen, es war vier Uhr nachts, es kam weit und breit kein Auto, es war nicht einmal ein Mensch zu sehen, geschweige denn ein Kind, das mich beobachten und dem ich als schlechtes Vorbild dienen hätte können.

KONRAD Du bist wie ein trotziger Junge.

ICH Das mag schon sein, aber in erster Linie bin ich wütend. Den Menschen wird das eigenständige Denken abgewöhnt, es geht nur um gewalttätige Machtspielchen, die Polizei ist niemals auf das Wohl der Menschen aus, sondern will uns nur schikanieren, sie ist besessen von der Einhaltung irgendwelcher Gesetze und sie straft, ohne selbstständig über irgendetwas nachzudenken oder kritisch zu reflektieren.

KONRAD Das ist nicht die Aufgabe der Polizei. Die Polizei ist für die Einhaltung der Gesetze verantwortlich. Das kritische Reflektieren der Gesetze findet an anderen Orten statt.

ICH Das ist ja das Schlimme. Ich bin noch immer so wütend. Nicht wegen des Geldes, das Geld ist mir egal.

KONRAD Ist ja auch mein Geld.

ICH Du bekommst es zurück! Es geht um die Situation, um den Einzelfall. Ich habe weder mich noch sonst jemanden in Gefahr gebracht, es war vier Uhr nachts, es kam kein verdammtes Auto. Das ist wie das neue Nichtraucher-Gesetz in Neuseeland, das allen kommenden Generationen das Rauchen verbieten möchte! Hast du davon gehört? Die jetzigen Kinder werden nie in ihrem Leben Zigaretten kaufen dürfen.

KONRAD Ein rauchfreies Leben für eine neue Welt. Das ist doch fantastisch.

ICH Findest du? Ich finde das übergriffig.

KONRAD Du rauchst ja auch.

ICH Damit hat das nichts zu tun.

KONRAD Dagegen kannst du nun wirklich nichts sagen, dass hier ein Versuch gestartet wird, Leute vom Rauchen abzuhalten. Dass Rauchen etwas Negatives ist, musst auch du zugeben.

ICH Ja, rauchen mag negativ sein und etwas Schlechtes und krank machen und so weiter. Aber warum brauche ich einen Staat, der mich vor mir selbst beschützt? Warum darf ich nicht selbst entscheiden, wann und wie ich mich vernichten möchte? Es ist der große Papa, der mir vorschreibt, wie ich mein Leben leben muss. Der große Vater im Himmel. Das ist doch Entmündigung, verdammt noch mal. Vielleicht reagiere ich auch wie ein trotziges Kind, das mag sein, aber wenn ich mich von der Brücke stürzen möchte, dann will ich das auch tun können –, und will nicht, dass mich irgendjemand davon abhält. Kennst du die Brücke des Todes in Südkorea? Da stürzten sich täglich Leute freiwillig in den Tod – und was wurde gemacht? Da wurden überall Plakate befestigt, wie schön das Leben sei und dass es viele gute Gründe zum Weiterleben gebe. Nach der Aufstellung dieser Schriftzüge verdoppelte sich die Anzahl der Suizide. Nun wurden diese Plakate wieder abgenommen und stattdessen hohe Zäune aufgebaut. Als könnte man nicht von irgendeiner anderen Brücke springen. Es ist meine Entscheidung, welches Leben ich leben möchte. Da wären wir auch schon bei unserem Vater, der hat sich auch entschieden, ein bestimmtes Leben zu führen. Und abgesehen davon geht es denen ja in Wahrheit nicht um mein gesundheitliches Wohlergehen, sondern vielmehr um seine ökonomischen Konsequenzen. Ich werde in erster Linie als Wertschöpfer betrachtet, auch wenn die Politik sagt, es ginge ihr um mein Wohlergehen. Ich aber will so ungesund leben, wie ich möchte. Selbst wenn ich immer wieder versuche aufzuhören zu rauchen. Ich würde alle Drogen legal machen und mehr Geld in die Bildung stecken. Macht gerne Zigaretten teurer, solange es in meiner Entscheidungsmacht liegt, ob ich mich langsam zerstöre. Ich weiß, was du denkst, die Menschen in Skandinavien sind viel glücklicher. Aber ist Glück wirklich der richtige Maßstab für all diese Fragen? Habe ich kein Recht auf ein unglückliches Leben? Warum wird mir vorgeschrieben, dass ich glücklich sein muss? Warum wird mir vorgeschrieben, dass ich so lang wie nur möglich »brauchbar« sein muss? So werden die Menschen zu unmündigen Opfern gemacht. Die Strafe ist vierhundert Euro, viel Geld, aber ein guter Preis für die Entmündigung eines Menschen. Eine Strafe, die uns lehrt, dass wir nur auf die geregelten Strukturen des Staates achten sollen! Die Menschen verlernen, ihrer persönlichen Wahrnehmung zu vertrauen und damit eigenständige Entscheidungen zu treffen!

drei

Noch bin ich unsicher, wie und in welche Richtung sich unser Gespräch entwickeln wird. Es ist mir nicht möglich, eine deutliche Vorstellung davon zu haben. Nicht weil ich blöd bin oder keine Fantasie habe, sondern weil du in mir immer mühelos diese vernebelte Kurzsichtigkeit auslöst. Dann bin ich wie ein Tourist, der die Niagarafälle sehen möchte, ein Schiff zu den Niagarafällen bucht, auf dem Schiff zu den Niagarafällen nur noch Schiff sieht, und dann fassungslos und überrascht und entgeistert ist, wenn er auf dem Schiff plötzlich wenige Meter vor den Niagarafällen mit eigenen Augen die Niagarafälle erblickt. In den allermeisten Fällen weiß ich, dass ich meiner persönlichen Intuition blind vertrauen kann, meine Intuition führt mich auf guten Pfaden durch das Leben. Schon immer habe ich, meiner Intuition folgend, auf die Entscheidungen meines Körpers gehört. Du bist die einzige Ausnahme. Bei dir sagt mir meine Intuition bloß, dass ich nicht auf meine Intuition hören sollte.

Jedoch. Vielleicht wird es heute anders ablaufen. Schließlich: Es gibt etwas Wichtiges zu planen für uns beide. Das ist gut. Gespräche sind immer einfacher, wenn sie einer ganz klaren Funktion unterworfen sind. Und die Bestattung eines Vaters zu planen, ist eine ganz klare Funktion für ein Gespräch.

Ich stehe vor deiner Haustüre und wir sprechen: Die tiefe, archaische Sehnsucht unserer Gesellschaft nach einem großen Papa, der ihr sagt, was gut oder schlecht ist, der ihr verbietet, unglücklich zu sein, der ihr das

Rauchen verbietet, damit sie selbst nicht diese Entscheidungen treffen muss. Das Gespräch vor deiner Haustüre gerät ins Stocken. Unser Gespräch, das in der Wirklichkeit so niemals stattgefunden hat, gerät ins Stocken.

Ich habe das alles gar nicht gesagt, nie haben wir diese Worte miteinander gewechselt.

In der Realität sah unser Gespräch ganz anders aus. Ich würde mich nur gerne glauben machen, dass ich solche Dinge zu dir sagen würde, dass ich es könnte. Ich habe nicht von Neuseeland gesprochen, nicht von einer gesellschaftlichen Sucht nach männlicher Autorität.

ICH Hallo, Konrad.

KONRAD Hallo du! Schön dich zu sehen! Du siehst gut aus. Komm herein.

ICH Danke. Kann ich irgendwo meinen Zigarettenstummel loswerden?

KONRAD Hast du das Geld bekommen?

ICH Ja, danke, ich zahl es dir zurück, sobald ich mein Honorar bekommen habe.

KONRAD Ich hoffe jedenfalls, dass dir das eine Lehre war.

ICH Ja, auf jeden Fall war mir das eine Lehre.

KONRAD Ich verstehe ja deine Wut, aber mit der Polizei sollte man sich einfach nicht anlegen, das führt zu nichts.

ICH Ich weiß ja.

KONRAD Auch wenn du klüger bist als die von der Polizei. Vor allem, weil du klüger bist.

ICH Ich habe daraus gelernt.

KONRAD Gib mir den Stummel. Hast du mitbekommen,

dass in Neuseeland nun das Rauchen für alle weiteren Generationen verboten wird? Ein rauchfreies Leben für eine neue Welt. Das ist doch fantastisch.
ICH Ja, hab ich gehört von Neuseeland, spannend.

Wie sehr ich es auch versuchen würde, ich würde es nicht schaffen, die Geschichte unserer Biografien mit neuen Dialogen umzuschreiben. Ich spreche in meiner Version mit einem nach vorne stoßenden Ton, den ich in der Wirklichkeit niemals treffen würde, die Worte, die ich dir in den Mund lege, sind nicht authentisch. In meiner Fiktion bist du immer viel böser, als du es tatsächlich bist. Erzähle ich Freund:innen oder meinem Therapeuten von dir, stelle ich dich immer als schlechten, empathielosen Bruder dar und will mich immer als überlegen inszenieren. Weil das ja auch wirklich so war. Aber mein Therapeut und meine Freund:innen sind jedes Mal sofort skeptisch, wenn ich so rede. Und auch ich sehe mir manchmal diese Version der Geschichte an und muss dann schockiert feststellen, welche Fähigkeit zur Zärtlichkeit du schon immer mitbrachtest, wenn du mit mir sprachst.

Ich sitze oft in meiner Wohnung, du hast ein, ja: Haus – ich: eine Wohnung. Ich sitze da oft, alleine, eine kleine Wohnung für mich, und führe stumme Selbstgespräche in meinem Kopf. Mit deiner Stimme als fiktivem Gegenüber meines inneren Dialogs. So unauslöschlich bist du in meinem Körper vorhanden. Noch immer. Und dann sagt das stellvertretende Ich in meinem Kopf Sachen, und das stellvertretende Du in meinem Kopf widerspricht. Und ich verteidige mich und du widersprichst. Und im Idealfall komme ich irgendwann durch die Synthese unserer fiktionalisierten Stimmen auf einen mir neuen Punkt, den ich dann endlich ehrlich verteidigen kann. Du bist meine persönliche Dialektik. Ich glaube, du weißt gar nicht, welche Macht du in meinen Gedanken und Handlungen hast – aber auch nicht, welch plumpe Hilfestellung du bist.

Na ja, du kannst es auch gar nicht wissen.

vier

In unserer Kindheit: Ich denke, du warst etwa elf Jahre alt, also war ich acht. Du wurdest gerade als der kleine Kronprinz Rudolph im Erfolgsmusical »Elisabeth« in Wien besetzt. Du teiltest dir die Rolle mit drei anderen Jungs, die waren viel besser ausgebildet als du, Sängerknaben und so weiter, du durftest dennoch die Premiere spielen und fortan zwei oder drei Mal pro Woche eine Vorstellung. Als du besetzt wurdest, dachte ich – vielleicht aus gesunder Abgrenzung –, dass du auf der Bühne ohnehin nur einen Satz sprechen würdest. Dass du in Wahrheit aber zwei oder drei Auftritte hattest, immer singend, sogar ein Solo, das verblüffte mich. Ich saß in der Premiere, sah dich auf dieser großen Bühne, genauso wie eintausend andere Menschen, und wusste nicht, was ich fühlen sollte.

Bei den österreichischen Billardmeisterschaften warst du 18 Jahre alt, das steht fest, schließlich kann man das so in deiner Biographie auf Wikipedia nachlesen. Also muss ich ungefähr 15 oder 16 gewesen sein. Du hattest dem Musical und dem Theater längst abgeschworen, eine Tatsache, die ich erst jetzt, als Mittdreißiger, deuten kann: Damals las ich diese Entscheidung als Schwäche und dachte, dass du dem zermalmenden Druck des Bühnenlebens nicht gewachsen warst. Ich bin bis heute bei diesem Bühnenleben geblieben und habe im Laufe der Jahre immer wieder die krassesten Nachwuchstänzer:innen kennengelernt, Kinder, die Blut geleckt hatten, die schon im jüngsten Alter über ihr Talent Bescheid wussten und, einem nachvollziehbaren

Kalkül folgend, durch die Bestätigung jenen Talents ihr mangelndes Selbstwertgefühl, ihre Orientierungslosigkeit in der Welt beseitigen wollten. Immer wieder sah ich, welche Sucht in diesen Kleinen entstand. Ich traue mich zu behaupten, dass sich viele gar nicht wahrhaftig – na ja, was heißt schon wahrhaftig? – den Weg auf die Bühne wünschten, sich aber einbildeten und einredeten, es sei doch der größte Traum auf der Welt, auf der Bühne zu stehen und Menschenmassen zum Applaudieren zu bringen – und wenn man Talent hat, wäre das ansonsten eine Vergeudung. Was ich damit sagen will:

Heute sehe ich sehr viel klarer, dass du beim Beenden deiner jungen Musical-Karriere eine enorme Stärke bewiesen hast, auf diesen verführerischen Trick nicht reinzufallen. Du mochtest den Geruch der Bühne, das Lampenfieber, all diese Dinge – doch das unterschied sich für dich nicht sonderlich von Puzzles-Bauen, Nintendo-Spielen oder Fahrrad fahren. Dann hast du dich relativ bald für Jus entschieden und ich war entsetzt: vom Theater zu Jura? Was ist das für ein Weg? Ich habe das gewollt abschätzig betrachtet, es schien mir wertlos, eine falsche Entscheidung für Geld und vermeintliche Sicherheit. Erst viel später habe ich festgestellt, dass dir gesellschaftlicher Status und Einkommen nur nebensächlich waren und du ein ehrliches und wahrhaftiges Interesse für die Gesetzeslage in Österreich hegtest. Diese Vorstellung war mir damals viel zu abstrakt. Heute manchmal auch noch.

Jus studiert doch niemand aus Leidenschaft oder Interesse, das macht man immer nur aus Kalkül und Angst vor der Zukunft. Und irgendwann hatten wir dann ein Gespräch, da hast du mir sehr deutlich erklärt, dass du die Politik, die Regierung, all diese Dinge als albern empfindest, dass nur die Judikative nachhaltige Veränderungen für eine gerechtere Gesellschaft ermöglichen kann. Das Thema der Exekutive, vor allem der Polizei, sparen wir bei jedem unserer Gespräche so gut es irgendwie möglich ist aus, beide wissend, dass wir keine weiteren unauflösbaren Differenzen brauchen, die die Kluft zwischen uns noch breiter und tiefer aufreißen würden. Doch damals hat es mir eingeleuchtet, du wolltest Politiker werden, und zwar – das passt zu dir –, ohne dafür Politiker werden zu müssen. Die Politiker:innen schienen dir insgesamt zu machtlos, auf lange Sicht zu austauschbar, du warst schon immer sehr klug, du hast geahnt, wie du deine genuine und leidenschaftliche Neugierde mit einer wirkungsvollen, prestigeträchtigen Position verknüpfen könntest – und hast dich entschieden.

Selbstverständlich: Du wolltest etwas verändern. Aber stets auf der Grundlage einer Theorie, ja fast einer Arithmetik, du sehntest dich nach Symmetrie und Ordnung im Chaos der sozialen Ungerechtigkeit. Nur die entschiedene, schwarz-weiße Eindeutigkeit eines Gesetzesparagraphen war dir konkret genug.

Es hat sehr lange gedauert, bis ich das nachvollziehen konnte. Du hast diesen Berufsweg nicht eingeschlagen, weil du ein Liebhaber der Realität bist. Du bist ein Liebhaber der Realität, weil du diesen Beruf ausübst.

Es steht also fest, dass du 18 Jahre alt warst, es war genaugenommen der Tag nach deinem 18. Geburtstag, als du Österreichischer Bundesmeister im Billard unter den »Herren« wurdest. Komisch eigentlich, dass in dieser »Sportart« zwischen »Damen« und »Herren« unterschieden wird, geht es hier doch wirklich nicht um eine Geschlechterdifferenz – oder irre ich mich? Körpergröße? Vermutlich die Länge der Gliedmaßen. Aber es gibt doch diese Verlängerungen für den Queue. Na ja, sollte es nichts Körperliches sein, so ist die binäre Geschlechteraufteilung beim Wettbewerb auch hier wenigstens eine uns allen Normalität und biblische Sicherheit gebende Gewohnheit, dass die Dinge einfach so sind, wie sie sind.

Du hast wieder gelächelt, du hast einen großen Pokal gewonnen, du warst der jüngste Meister *männlich* in der Geschichte des österreichischen Billards. Du hast dich im Raum bewegt und dich umgesehen und verhalten, als gehöre der Raum nur dir, du hast zahlreiche Hände geschüttelt. Ich bin nun 35 und weiß noch immer nicht, wie man richtig Hände schüttelt, wie schüttelt man richtig die Hände von anderen Menschen? Von anderen Männern? Und du schütteltest, als hättest du nie etwas anderes gemacht, du und dein Körper – fest und mit gesundem Fokus im Zentrum unter dem Bauchnabel, gleichzeitig kein bisschen überspannt, nein, eigentlich eher entspannt, locker, als wärst du umgeben von Wasser, in das du deine Körperteile gleiten lassen könntest.

Ich wollte nicht mitkommen zum Finale, doch der Vater bestand darauf. Einer seiner wenigen Versuche, einen Sinn für konventionelles Familiengefühl herzustellen. Eigentlich wolltest du danach mit deinen *Kumpels* feiern, ich sage *Kumpels*, ganz bewusst und absichtlich: *Kumpels*, weil das Wort *Kumpel* wirklich ganz abstoßend ist – und das waren die eben auch, diese vor allem männlichen Menschen, die dich in dieser

Zeit umgaben: deine damaligen *Kumpels*. Doch ehe du mit den »Kumpels« los bist, hast du mit unserem Vater und mir noch ein Bier getrunken. Daran erinnere ich mich genau, dass ich auch ein Bier getrunken habe. Du wusstest das damals schon von mir, ich war in einem Alter, in dem ich bereits Alkohol trank, du kennst die Geschichten ja. Doch vor unserem Vater war es mein erstes öffentliches Glas Alkohol. Der Vater reagierte darauf gar nicht, der Vater war nicht schockiert, nicht beeindruckt, ich glaube, er bemerkte in Wahrheit gar nicht, dass es sich hierbei um ein erstes Mal handelte. Auch eine Form von Gewalt, denke ich gerade. Vielleicht übertreibe ich.

Es dauerte nicht länger als eine halbe Stunde, in der wir in einer nahegelegenen Kneipe saßen, zu dritt, allerhöchstens 40 Minuten. Du hast dir alle Mühe gegeben, gute Stimmung herzustellen, hast zwischen uns dreien moderiert, Pointen gerettet, wenn sie der Vater versemmelte – und mittendrin hast du mir auf einmal deinen Queue geschenkt, den Queue, mit dem du vor wenigen Momenten österreichischer Meister geworden warst. *Spiel doch auch ein bisschen mehr*, sagtest du, ich erinnere mich nicht mehr, in welcher Haltung oder Farbe du diesen Satz sagtest, du sagtest ihn einfach – als gäbe es nichts Logischeres auf der Welt. Ich habe den Queue genommen und – ich glaube, ich habe gar nichts gesagt. Außer ein piepsiges, leises: Danke.

Ich war immer so streng mit dir. Für mich war deine Geste damals der größte Akt brüderlicher Gewalt. Eine Form der Erniedrigung. Ich dachte, du wolltest mich demütigen: *Ich bin der Sieger, ich habe nichts mehr zu beweisen, hier, mein kleiner, nicht so talentierter Bruder, nimm du den Rest, den Müll, vielleicht wirst du ja auch irgendwann mal ein Sieger, vielleicht nicht, aber nimm das, was ich ab jetzt nicht mehr brauche, damit du jeden Tag aufs Neue siehst, wer von uns beiden der Sieger und wer der Verlierer ist.*

Vielleicht wolltest du mit deiner Geste auch einfach unsere zerbrechliche Beziehung stabilisieren, und ich war nicht bereit dazu. Ich wollte dich nicht mögen, ich wollte dich nicht lieben. Aus Überforderung nahm ich das Geschenk dennoch an und – naiv, wie ich war – ging in den nächsten Wochen tatsächlich mehrmals mit meinen eigenen »Kumpels«, die ich aber nie so nannte und die größtenteils Mädchen waren, Billard spielen. Ich nahm jedes Mal deinen dummen Queue mit. Das hörte sehr schnell wieder auf. Mir wurde speiübel bei der Vorstellung, so zu sein wie du. Und immer, wenn ich mit deinem Queue gegen die Kugel stieß – und ich war wirklich nicht schlecht, auch ich hatte ein gewisses Talent beim Billard –, sah ich nur, wie uncool ich dabei aussah, und dass ich niemals so »cool« sein würde wie du.

Wer ist dieser Bruder, dieser Konrad? Außer der fiktiven Stimme in meinem Kopf, mit der ich jedes Thema verhandle, außer diesem Körper, mit dem ich als Kind badete, und plötzlich durften wir nicht mehr im selben Raum nackt sein. Du, Konrad, diese Geschichte, die permanent mit meiner verbunden ist und doch deine eigene ist, ich stehe vor deiner Tür, es klingelt, keine Beschönigungen mehr, ein Gespräch, wie es wirklich ablief, brutale Realität, getarnt durch brutale Nettigkeit.

ICH Hallo, Konrad.

KONRAD Hallo du! Schön dich zu sehen! Du siehst gut aus. Komm herein.

ICH Danke. Kann ich irgendwo meinen Zigarettenstummel loswerden?

KONRAD Hast du das Geld bekommen?

ICH Ja, danke, ich zahl es dir zurück, sobald ich mein Honorar bekommen habe.

KONRAD Ich hoffe jedenfalls, dass dir das eine Lehre war.

ICH Ja, auf jeden Fall war mir das eine Lehre.

KONRAD Ich verstehe ja deine Wut, aber mit der Polizei sollte man sich einfach nicht anlegen, das führt zu nichts.

ICH Ich weiß ja.

KONRAD Auch wenn du klüger bist als die von der Polizei. Vor allem weil du klüger bist.

ICH Ich habe daraus gelernt.

KONRAD Gib mir den Stummel. Hast du mitbekommen, dass in Neuseeland nun das Rauchen für alle weiteren Generationen verboten wird? Ein rauchfreies Leben für eine neue Welt. Das ist doch fantastisch.

ICH Ja, hab ich gehört von Neuseeland, spannend.

fünf

Du sagst, ich sähe gut aus, ich glaube dir das auch, ich sehe wirklich gut aus, meine Haare frisch gewaschen, rotes Kordhemd, weite, schwarze Hose, wache Augen, frisches Gesicht mit frischer Rasur. Was sind wir doch für zwei hübsche Brüder. Ich fühle mich immer um Welten attraktiver, wenn ich frisch rasiert bin, manche sagen, ein bisschen Bart würde mir stehen, und wegen meiner Faulheit beim Rasieren trage ich auch oft einen, aber für wichtige Ereignisse wie heute rasiere ich mich – und fühle mich dadurch sehr viel besser anzusehen. Ich gehe in dein weißes Wohnzimmer und setze mich nicht auf das eklige Sofa, sondern an den weißen Esstisch. Du Bruder mir gegenüber. Willst du Kaffee, hast du Hunger, Wasser, es gibt noch frische Pfirsiche vom Markt, sehr saftig.

Du stellst mir eine Tasse schwarzen Kaffee hin, den du aus deiner Nespresso-Maschine gedrückt hast, ein Gerät, das eigentlich gar nicht in deine perfekte Welt passt. Du bist Besitzer eines Grills auf der Terrasse, der so viel gekostet hat wie ein Auto. Eines Grills, den du via Bluetooth mit dem Handy verbinden kannst, damit man ganz genau weiß, wann das Steak richtig *medium rare* ist, aber echt *medium rare*, so wie *medium rare* sein soll. Und für deinen Kaffee verwendest du Kapseln. Ist es nicht so, dass der klassische Mann, wie man ihn aus dem Bilderbuch kennt, Kaffee kochen soll und, wenn dann plötzlich seine alte Filterkaffeemaschine den Geist aufgibt, erst einmal drei Monate lang eine Zeitschrift über zeitgenössische Kaffeemaschinen mit dem Titel »Die Bohne« abonniert und jeden Beitrag dazu auf der Website von Stiftung Warentest liest und irgendwann schließlich eine aus Italien importierte Siebträgermaschine bestellt, möglicherweise noch beginnt, im Garten den eigenen Kaffee anzupflanzen, damit er den Gästen den besten Kaffee anbieten kann? Bei Männern, wie du einer bist, muss doch jeder langweilige Alltagsvorgang zu einem leidenschaftlichen Hobby werden, oder? Nespresso? Andererseits passt es vielleicht wieder in die perfekte, simple und eigentlich gar nicht so grausame Welt, die Nespresso uns vortäuscht. Also doch alles richtig gemacht.

KONRAD Es ist ein bisschen chaotisch bei uns, der Kleine hat gerade eine wilde Phase.

ICH Ach, Quatsch, sieht doch gut aus.

KONRAD Er schläft gerade nicht ein am Abend, die Nächte sind die Hölle. Karin ist so erschöpft und will eigentlich nicht mehr stillen, das lässt der Kleine aber nicht mit sich machen.

ICH Dafür siehst du aber wirklich sehr gut und ausgeglichen aus.

KONRAD Danke.

ICH Keine Augenringe zu erkennen.

KONRAD Immerhin.

ICH Aber vielleicht ist es ja auch Karin, die mehr Anlass für Augenringe hat.

KONRAD Ich glaube, Anlass für Augenringe haben Karin und ich gleichermaßen.

Du lachst, aber meinst das Gesagte nicht (nur) als Witz.

ICH Wo ist Karin eigentlich?

KONRAD Die ist mit dem Kleinen spazieren, damit wir uns in Ruhe unterhalten können. Sonst nervt Fritzi ja die ganze Zeit. Und wir haben einiges zu besprechen.

ICH Gut.

KONRAD Also kein Stress. Wir nehmen uns heute Zeit.

ICH Gut.

KONRAD Aber zuerst. Erzähl doch noch kurz! Was hast du so getrieben in letzter Zeit? Ist es gerade sehr anstrengend mit der Arbeit?

Als du das Wort Zeit sagst, durchfährt ein Blitz meinen Körper – genau wie bei den weiteren fünf oder sechs Malen, bei denen du während unseres Treffens diesen Begriff in den Mund nimmst. Du hast das schon immer anders ausgesprochen als ich, du verwendest dieses einsilbige Wort, als dürfest du keine Zeit verlieren, wie ein Staccato, mit einem schnellen, kurzen, harten t am Ende. Man könnte fast glauben, du würdest dieses Wort mit Doppelkonsonant schreiben. *Zeitt*.

Vor meinen Augen erscheint ein Zeitstrahl mit den Punkten, stellvertretend für unterschiedlichste äußere Impulse, die im Laufe deines Lebens in dich eindringen mussten, um dich heute dieses Wort so aussprechen zu lassen – es müssen Impulse sein, die sich nicht auf meinem Zeitstrahl finden lassen, ich spreche das Wort ja ganz anders aus als du. Ich spreche *Zeit* ja ganz *normal* aus: *Zeit*. Es handelt sich dabei bestimmt nicht um eine gewollte Manieriertheit von dir, keine angelernte Attitüde. Vielmehr sehe ich den unentrinnbaren Zwang deiner Zunge und deines Kiefers, der sich jahrzehntelang durch verschiedene, in deinen Körper eindringende Einflüsse zementierte. Dein Körper kann gar nicht anders, als *Zeitt* zu sagen, dein Körper ist ein Resultat unendlicher Einwirkungen, ein unflexibles, ein lineares, ausformuliertes, abgeschlossenes Resultat.

Üblicherweise sind es jene Eigenarten der menschlichen Körper, die oft als Makel oder als abweichend interpretiert werden, in die ich mich Hals über Kopf verliebe. Ich mag Männer mit großen, krummen Nasen und verspüre Anziehung, wenn der Abstand zwischen ihren Augen störend schmal ist. Nichts ist unerträglicher als ein glattes, makelloses, symmetrisches Gesicht. Wie mich Symmetrie irre machen kann! Die Schönheit liegt im Fehlerhaften, der Fehler an sich ist der Beginn wahrer Schönheit. Bei mir sehe ich das allerdings strenger. Nicht nur, weil ich den Körper eines Balletttänzers habe. Bei anderen verliere ich mich in der Ästhetik der äußerlichen Mängel. An meinem Körper sehe ich eigentlich nur in dem leicht nach links gekrümmten Penis die Eleganz der beschädigten Abweichung. Mein Körper unterwirft sich im Beruf als Darsteller vor einem mich betrachtenden Publikum anderen Bewertungskategorien. Und du – du hast auch einen Körper.

Wenn man eine Aufführung auf der Bühne sieht, in der zwei Tänzer:innen parallel zwei komplett unterschiedlichen, zusammenhanglosen Choreographien folgen, so kann das Publikum einfach nicht anders, als zwanghaft vermeintlich logische Verknüpfungen zwischen den beiden Narrativen auf der Bühne herzustellen. Die Zuschauer:innen brauchen einen Sinn und den werden sie sich schon irgendwie zusammenreimen. Ganz egal, wie beliebig und nichtssagend die zwei Tänze nebeneinander existieren, wir werden nicht aufhören, nach Verbindungen zu suchen, werden uns immer Erklärungen erdichten, weshalb die beiden Tänzer:innen einander unweigerlich bedingen – im schlimmsten Fall nennen wir das dann einfach *Dialektik*.

Wenn dein und mein Körper schweigend im Wohnzimmer deines Hauses parallel koexistieren, dann prallen zwei Aliens aus verschiedenen Universen aufeinander, die in Sprache, Aussehen und Verhalten nichts gemeinsam haben. Normalerweise gleichen sich unterschiedliche Rhythmen in einem Raum nach einer gewissen Zeit an, der eine wird langsamer, der andere schneller, bis sie sich in der Mitte treffen – man kennt das vom chaotischen Geplätscher des Applauses, das nach und nach unausweichlich in das synchronisierte Volksfest-Geklatsche mündet.

Doch nicht bei uns. Unsere beiden Körper wehren sich dagegen, diesen gemeinsamen Rhythmus zu finden. Wie du sitzt, wie ich sitze. Wie die Blicke unserer Augen unterschiedliche Wege gehen und unterschiedliche Punkte fokussieren. Nichts harmoniert. Nichts bedingt das Andere, alles geht unverhohlen seiner eigenen Existenz nach.

Mein Körper versucht sich mit kräftezehrendem Aufwand nicht zu dir und deiner Umgebung zu verhalten, sondern sich ausnahmslos an der eigenen intrinsischen Intuition zu orientieren. Diese Intuition verliert sich permanent. Mein Körper will das nicht, aber er verhält sich permanent zu allem rundherum. Meist tut er das, indem er sich weigert, äußere Einwirkungen in sich eindringen zu lassen, und in seinem eingebildeten

Selbstbewusstsein mühevoll dagegen anhält. Trotzig rebelliert mein Körper gegen die formende Kraft der äußerlichen Parameter.

Und bei deinem Körper, da hat alles diese absolute Selbstverständlichkeit. Als hätte es dein Körper gar nicht nötig, sich zum Raum und zu anderen Körpern verhalten zu müssen.

sechs

KONRAD Aber zuerst. Erzähl doch noch kurz! Was hast du so getrieben in letzter Zeit? Ist es gerade sehr anstrengend mit der Arbeit?

Da sitzt mir dieser Mensch gegenüber, der einmal die hübscheste Version einer möglichen Bezugsperson war, der selbstgewählte Vaterersatz, das Vorbild, der Coole, dem ich so sehr nahekommen, den ich so sehr nachahmen wollte. Weil der Vater, den ich in dieser Situation nicht Papa nennen möchte, nie gelernt hat, was es bedeutet, ein Vater zu sein – vielleicht nicht einmal, was es bedeutet, ein Mensch zu sein, jedenfalls: was es bedeutet, ein *Mann* zu sein –, musstest du für die Rolle ohne Proben einspringen.

Eine Rolle, die du, der du nur wenige Jahre älter bist als ich, natürlich nicht spielen wolltest – geschweige denn konntest.

Unser Vater wurde 1955 geboren, sein Vater wiederum 1930, und davor gab es selbstverständlich noch einen Vater, und davor auch, und so weiter, eine traurige Abfolge existentieller Notwendigkeiten. Unser Vater wurde zum »Mann« erzogen, der gewissen »männlichen« Vorstellungen zu entsprechen hatte. Nur dass es damals überhaupt keine Not gab, diesen Satz mit entschiedener Haltung von sich zu geben, da er ohnehin als selbstverständlich und alternativlos galt: *Wozu soll man den Sohn denn sonst erziehen, ich verstehe die Frage überhaupt nicht!*
Manchmal – verzeih mir die Bemerkung, es ist ein

schreckliches Klischee – aber manchmal denke ich, dass unser Vater ebenfalls schwul war, seiner Sehnsucht und seinem Begehren allerdings nie nachgehen konnte (vielleicht auch, weil ihm seine Sehnsucht und sein Begehren selbst gar nicht bewusst waren). Diese Erklärung für das Scheitern in seinem Leben wäre aber vermutlich zu simpel und plump. Als ich ihm damals offenbarte, dass ich schwul bin, hat er kaum reagiert. Er gab mir das Gefühl, dass er mich liebte, na ja, zumindest versuchte er es – ohne diese schrecklichen Worte *Ich liebe dich* auszusprechen oder sich mit einer Umarmung, einer Berührung, einer Geste (sei es auch nur ein lässiger Handschlag zwischen zwei *Kumpels*) auszudrücken. Das Liebesgeständnis spielte sich nur in seinen Augen ab, zu mehr war er nicht fähig. ABER ich wusste, dass er mir das Gefühl vermitteln wollte, dass er mich liebte. ABER ABER er hat nichts gemacht, um mir dieses Gefühl zu vermitteln – nachdem ich ihm offenbarte, dass ich schwul bin. Diese abstrakte Übersetzungsleistung kannte ich zu dem Zeitpunkt bereits sehr gut.

Vielleicht war es auch gar nicht die Homosexualität, die ihn verstummen ließ, sondern die Sexualität an sich. Nachdem er von unserer Mutter verlassen wurde, waren Frauen und Romantik kein Thema mehr. Zumindest nicht so, dass wir Söhne es mitbekommen hätten (und wir haben alles mitbekommen).

Im Gymnasium mussten wir irgendwann »Effi Briest« von Fontane lesen, ein furchtbares Stück misogyner Weltliteratur, das dachte ich mir schon damals. Ganz egal, am Ende bleibt jedenfalls Effis Kind bei Ehemann Innstetten, der Effi verlässt. Ich war verblüfft, beinahe schockiert: Ende des 19. Jahrhunderts trennt sich ein

Ehepaar (natürlich wegen sündhaften Ehebruchs der Frau) und das gemeinsame Kind bleibt beim Vater? Ich denke, Fontane – auch ein überzeugter, sexistischer Chauvinist seiner Zeit, genau wie die Männer, die in seinem Literaturklassiker auftreten – wollte Innstetten als Helden zeigen, der das Kind von der sündhaften Hexe befreit. Dennoch war ich überrascht, dass in dieser Zeit am Ende neben der sterbenden Effi ein alleinerziehender Vater übrig blieb. Ich konnte das historisch nicht einordnen und verband Kinder und Erziehung in der damaligen Zeit ausschließlich mit Frauen, Männer schüttelten damals ihren Söhnen zum 18. Geburtstag die Hand und zeigten vier Sekunden lang ein stolzes Gesicht bei der Hochzeit ihrer Töchter. Ansonsten gab es in meiner Fantasie keine Interaktionen zwischen Vätern und Kindern vor dem 20. Jahrhundert.

Erst nach einiger Zeit fiel mir auf, dass wir ebenfalls beim Vater geblieben sind, als die Mutter ging. Eine Mutter, die ihre Kinder allerdings gar nicht mitnehmen wollte. Und das im traditionsbewussten Dorf. Als wir damals Fontanes Buch lesen mussten, wusste ich noch nicht so genau, dass ich schwul bin. Deswegen nahm ich logischerweise ganz selbstverständlich an, dass in erster Linie die Frau, die Mutter, die mit der Milch im Busen, für den Nachwuchs verantwortlich wäre. Mir war nicht einmal bewusst, wie reaktionär meine Gedanken waren, die ich unreflektiert einfach übernahm: *Der Vater liebt seine Kinder, er arbeitet hart, um den Kindern alles bieten zu können, usw. – doch die Mutter! Die Mutter sieht in ihren Kindern die Vollendung ihres Lebens, die absolute Erfüllung.*

Mich hat Fontanes Buch in der Schulzeit viel mehr beschäftigt, als es die Konstellation unserer eigenen Geschichte tat. Es gab sehr wenige Momente in unserem Leben, meinem Leben, in denen ich der Mutter übelnahm, ohne uns fortgegangen zu sein. Dich hat das viel stärker getroffen. Ich konnte, ohne in diesem jungen Alter Worte dafür zu finden, auf eine abstrakte Art und Weise verstehen, warum sie so gehandelt hatte. Ich konnte unserer Mutter nie ernsthaft böse sein, viel mehr noch: Ich suchte permanent die Schuld für ihr Weggehen beim Vater und verzieh ihm lange nicht, dass er es nicht vermocht hatte, seine damalige Gattin, die Mutter seiner beiden Söhne zu, na ja – überreden? verführen? überzeugen? befriedigen? –, als Mutter und Ehefrau zu bleiben und ihrer jungen Familie zumindest eine Chance zu geben.

Er versagte, sie ging. Wir waren drei Männer, eine kleine, tollpatschige Familie. Drei »Männer«.

Unsere Mutter, die ich oft auch mal Mama nenne, fragte mich bei einem der wenigen Treffen, die wir in meinem Erwachsenenleben hatten, ob ich schwul geworden sei, weil ich keine emotionale Beziehung zum Vater aufbauen hatte können, als ich ein Kleinkind war, und ich sagte: »Ja, natürlich, ich bin schwul wegen meines Vaterkomplexes, Freud freut sich bestimmt sehr darüber.« Diese Aussagen machten mich immer wütend, auch wenn die Mutter gar nichts Böses damit wollte. Sie wollte letzten Endes auch nur verstehen (die meisten Leute sind gar nicht gegen Männerküsse, sondern wissen einfach zu wenig darüber, man muss es ihnen einfach immer und immer und immer und immer wieder erklären). Am meisten aber hasste ich es, wenn sie sich entschuldigte, dass sie uns verlassen hatte. Was einige Male tatsächlich vorkam.

Hat sie sich jemals bei dir entschuldigt? Ich sagte dann immer zu ihr, dass sich diese Entschuldigung wie Gewalt anfühlen würde. Es war anders eben nicht möglich, sie musste gehen, um ihr eigenes Leben zu leben, sie hatte keine Wahl, das habe ich schon vor sehr langer Zeit verstanden. Überhaupt hasse ich Entschuldigungen, ständig entschuldigen sich alle bei allen, lächerlich. Und noch mehr hasse ich es, wenn dann jemand darauf automatisiert antwortet: »Macht nichts.« Beides irrelevante Gesprächsbeiträge, die als gesprochene Worte in ihrer nicht mehr rückgängig zu machenden Existenz bloß die Umwelt verpesten. Lieber Stille. Dieses wirklich verblödete und hilflose: »Es tut mir leid.« Und dann: »Macht nichts.« Lieber einfach Stille.

Vater, Mutter, zwei Söhne. Und darunter dieser eine spezielle Mensch, der *Konrad* heißt, du, Konrad. Ein Name, der so wunderbar klingt, du hattest nie einen Spitznamen. Ich hatte etliche, fast jedes Jahr einen neuen, teilweise von dir erfunden und weiterentwickelt. Doch du: nur Konrad. Immer Konrad. Schon als Kleinkind sprach ich das Wort fehlerfrei aus: Konrad. Dieser Mensch Konrad sitzt mir in diesem Moment gegenüber. Nespresso, Geld leihen, Polizei, Rauchen in Neuseeland und vor allem:

KONRAD Ist es gerade sehr anstrengend mit der Arbeit?

Deine suggestive Frage macht mich schlagartig wütend. Und ich denke: Manchmal würde ich so gerne wissen, wer dieser Mensch ist – mein Bruder.

sieben

Als ich sieben Jahre alt war und du in etwa zehn, da teilten wir uns noch ein Kinderzimmer, bevor ich schließlich ins Gästezimmer umziehen musste/durfte/ konnte. (Natürlich hatten wir ein Gästezimmer im Haus, was hatten wir für ein Leben damals, um ehrlich zu sein, waren es sogar zwei Gästezimmer, aber erinnerst du dich daran, dass wir jemals einen Gast hatten, geschweige denn Gäste, die zwei dieser Zimmer benutzen hätten können?) Ich bekam irgendwann mein eigenes Zimmer, da wir zu viel gestritten hatten. Doch als wir in der Architektur eines gemeinsamen Kinderzimmers noch den Versuch einer Liebe durchexerzieren mussten, hast du mir die Geschichte mit dem Wasser erzählt. Du meintest mit ernstem Gesicht, so ernst das weiche Gesicht eines Zehnjährigen nur sein kann, dass man im Schlaf verdursten könnte. Deswegen muss man immer ein Glas Wasser neben dem Bett stehen haben. Damit man, wenn man kurz aufwacht, immer etwas trinken kann, um nicht zu sterben.

KONRAD Weißt du was, man kann im Schlaf verdursten und sterben. Deswegen muss man immer ein Glas Wasser neben dem Bett stehen haben und während der Nacht daraus trinken.

Sterben war mir als Siebenjähriger ein sehr naher Begriff, auch wenn es noch keine relevanten Todesfälle in der Familie gab: Ich hatte bereits ein gleichzeitig abstraktes und konkretes Gefühl von dem Begriff *Sterben*. Gerade denke ich, dass ich mich damit auf gar keinen Fall als »besonders« markieren möchte, ich hoffe, du missverstehst mich nicht, aber eigentlich denke ich, dass jedes Kind schon ab dem dritten, vierten Lebensjahr ziemlich genau ahnt, was dieser Begriff bedeutet. Bei mir jedenfalls lag das vor allem an unserem Vater, der zu mir als Kind sagte – es war vielleicht ein paar Monate vor der Geschichte mit dem Wasser –, dass er sich nicht beklagen könne über die Zeit vor seiner Geburt, warum sollte er sich also beschweren über die Zeit, die nach dem Tod kommen würde.

Keine Ahnung, was unseren Vater geritten hatte, mir schon so früh quasi im Vorbeigehen diese Worte mitzugeben. Er machte sich keine Sekunde lang Gedanken darüber, was das Gesagte bei mir auslöste. Versteh mich nicht falsch, ich möchte ihm mit dieser Erinnerung nichts vorwerfen, das ist vielleicht sogar einer der wenigen positiven Momente, an die ich hin und wieder zurückdenke. Aber woher kam seine Motivation, mir diese Dinge zu sagen? Ich war erst sieben und – man darf die Worte, die man an Kinder richtet, einfach nicht unterschätzen – verstand jedes Wort. Ich versuchte mich angestrengt an die Zeit vor meiner Geburt zu erinnern, aber es gelang mir nicht. So sollte also die Zukunft aussehen? Ein großes schwarzes Nichts? Vielleicht auch gar nicht schwarz, das erinnert mich zu sehr an die Innenarchitektur meiner Kindheit. Jedenfalls war mir das Sterben ein vorstellbarer Begriff. Dass du mir erzähltest, man könnte in der Nacht verdursten, ist jedoch nur der erste Teil der Geschichte. Wenige Tage später mahntest du mich:

KONRAD Weißt du, Wasser kann auch schimmeln. Wenn man nicht aufpasst, trinkt man verschimmeltes Wasser. Und an Schimmel kann man auch sterben.

Ich befand mich also in einem bittersüßen Dilemma. Ich musste unbedingt nachts Wasser trinken. Aber ich durfte keinesfalls verschimmeltes Wasser trinken. Schimmel war mir kein ganz so vertrauter Begriff, da unsere Haushälterin dafür sorgte, dass das Haus immer sauber war, daher kein schimmelnder Sauerrahm. Und Papa putzte das gesamte Haus, bevor die Haushälterin kam, machen das alle Eltern, die Haushälterinnen haben? *Die Haushälterin ist ja nicht dafür da, die Spülmaschine auszuräumen, das kann ich ja selber machen, oder vielleicht auch einfach mal ihr Buben! Aber wer soll denn die Fenster putzen, ich bin auch berufstätig!*
Wir waren nicht reich, denkst du manchmal, wir waren damals reich? Ich frage mich das schon manchmal, ob wir zu den Wohlhabenden gehörten. Wir waren auf jeden Fall mehr als ausreichend versorgt. Und nun, da ich Balletttänzer bin, merke ich erst wirklich, dass meine reichste Lebenszeit vorbei ist. Als Kind konnte ich alles haben, was ich wollte, nun bekomme ich knapp über Mindestlohn – nach jahrelanger Ausbildung und hartem Training.
Schimmel war also ein abstrakterer Begriff für mich als das Sterben. Zum Sterben hatte unser Vater mir einen Vergleich geliefert, beim Schimmel musste ich dir vertrauen: *Schimmel entsteht bei Lebensmitteln nach einiger Zeit, wenn die so grün oder weiß werden, und kann tödlich sein.* Ich hatte tierische Angst zu sterben – egal, ob ich verdurstete oder am Schimmel starb.

Das war mir egal, ich wollte einfach nur nicht sterben. Jetzt denke ich: Für andere Kinder wäre das alles kein großes Problem gewesen, die hätten sich wahrscheinlich gewehrt, die hätten das nicht ernst genommen, die hätten sich nicht verarschen lassen. Ich jedoch bin in eine schwere Angstepisode gestürzt.

Ich war sieben Jahre alt und konnte wochenlang, monatelang nicht mehr schlafen. Ich schlief in der Schule ein, weil ich nachts wach lag und ständig neue Wassergläser an mein Bett karrte. Wahrscheinlich erinnerst du dich gar nicht an die Geschichte mit dem Wasser, ist auch nicht schlimm, komm bloß nicht auf die Idee, dich dafür zu entschuldigen, ich brauche keine Entschuldigungen mehr. Das Einzige, was du tun kannst, ist zu begreifen, dass du mir auf eine Art und Weise – willentlich oder unwillentlich – Gewalt angetan hast. Kindliche, verspielte, närrische, spitzbübische Gewalt. Die am Ende immer noch Gewalt war. Dann hast du mich vergessen, meine Ansammlung von Gläsern am Nachttisch, meine Schlaflosigkeit, das hast du alles gar nicht mehr richtig mitbekommen, da hast du gar nicht hingesehen, wie ein Gentleman, der einer hübschen Frau eine Kette schenkt und sich dann schlagartig umdreht und lässig weggeht, ohne in ihrem Gesicht die Freude oder Überraschung über seine Geste lesen zu wollen. Der Gentleman hat es nicht nötig, er weiß ganz genau, dass er eben beeindruckt hat, er lässt sie mit ihrem Glück alleine zurück.

acht

ICH Wo ist Karin eigentlich?

KONRAD Die ist mit dem Kleinen spazieren, damit wir uns in Ruhe unterhalten können. Sonst nervt uns Fritzi. Und wir müssen ja einiges besprechen.

ICH Gut.

KONRAD Also kein Stress. Wir nehmen uns heute Zeit.

ICH Gut.

KONRAD Aber zuerst. Erzähl doch noch kurz! Was hast du so getrieben in letzter Zeit? Ist es gerade sehr anstrengend mit der Arbeit?

Kurzes Schweigen.

ICH Nein, anstrengend nicht. Nicht anstrengender als sonst. Die Produktion macht Spaß, sehr modern, was mir gut gefällt. Ich darf auch in Spitzenschuhen tanzen.

KONRAD Ach, das freut mich für dich. Ich weiß ja, dass du Spitzenschuhe liebst.

Ich liebe Spitzenschuhe und bin regelmäßig gekränkt, weil diese Tanzart Frauen vorbehalten ist. Nun bin ich aber in einer Produktion, die ausschließlich aus Männern besteht und bei der ich endlich auch in Spitzenschuhen tanzen darf. Meine Zehen tun jetzt in diesem Moment abartig weh. Aber es sieht so schön aus.

KONRAD Ich habe ihn noch einmal gesehen.

ICH Papa?

KONRAD Ja. Als er schon –

ICH Wie war das?

KONRAD Angsteinflößend. Das war nicht mehr Papa, da fehlte irgendetwas, es wirkte so, als wäre seine Seele seinem Körper bereits entwichen.

ICH Erinnerst du dich an die Leiche, die wir damals in der verfallenen Fabrik hinter dem Bahnhof gefunden haben?

KONRAD Das war etwas anderes.

ICH Ist mir nur eben eingefallen. Entschuldige.

KONRAD Verstehe schon.

ICH Hast du schon geweint?

KONRAD Ja, viel.

Die Antwort überrascht mich. Mein Bruder und weinen? Ich dachte, dazu wärst du zu männlich. Andererseits passt es zum Bild des modernen Mannes, der du zu sein bestrebt bist – und als den ich dich auch bezeichnen würde: DER MODERNE MANN. Was auch immer das heißen mag: der moderne Mann. Der sich so viel Raum nimmt, dass er sogar das Weinen für sich beansprucht und – ja – vielleicht sogar damit angibt, weinen zu können. Könnt ihr uns Schwulen nicht wenigstens das Privileg des stolzen, männlichen Weinens lassen? Wir mussten uns doch ohnehin so viel erkämpfen und so viel nehmen lassen – wenn jetzt auch heterosexuelle Cis-Männer weinen dürfen, macht das echt keinen Spaß mehr!

Du bist zweifellos ein Mann, der gerne spricht. Teilweise hältst du Vorträge vor hunderten von Leuten, ohne mit der Wimper zu zucken, ohne einen Funken Aufgeregtheit, die Aufmerksamkeit genießend. Was für ein Genuss: so gut und so selbstverständlich sprechen zu können, ohne dabei überhaupt ein Bewusstsein davon zu haben, wie es anders sein könnte oder wie sehr andere Menschen um so ein Sprechen kämpfen müssen.

Du bist ein Mann, der manchmal weint, der das nicht verheimlicht, nicht verheimlichen muss, der auch stolz seinen Freund:innen von den Tränen erzählt. Du bist ein Vater, der seinen Sohn umarmt, mit ihm kuschelt, ihm sagt, wie sehr du ihn liebst, du wechselst Windeln. Du bist ein moderner Mann.

ICH Ich habe noch nicht geweint. Ich frage mich, wann das kommen wird.

Als ich später – nach unserem Gespräch – wieder in meiner eigenen, mit einer größeren Vielfalt an Farben ausgestatteten Wohnung sitze, weine ich. Zwar nicht wegen des Todes unseres Vaters, aber immerhin. Zuerst laufen mir nur einzelne Tränen aus den Augen, die über meine Wangen rollen, bis der salzige Geschmack in meinem Mund landet. Anders als das Sperma, das ich gerne ab und zu meinen Rachen hinuntergleiten lasse, schmecken die Tränen purer. Weniger nach Körper. Mehr nach einem ästhetischen Zustand. Danach steigert sich mein Weinen zu *ugly crying*. Ich weine, bis ich Kopfweh bekomme, mein Gesicht verkrampft sich, ich kann mich nicht mehr lenken, verliere den Kontakt zu mir und meinem Körper, funktioniert das Weinen tatsächlich auch ohne Zuseher:innen? Ich weine alleine in meiner Wohnung, mein roter Perserteppich verschwimmt mir vor den Augen, ich spüre mein grünes Samtsofa unter meinem Po, ich weine. Dann mache ich mir eine Flasche Rotwein auf, die Flasche, die ich vor zwei Jahren zum Geburtstag geschenkt bekommen habe – von dir. Diese Flasche ist bestimmt mehr als hundert Euro wert. Da ich aber nun acht Monate lang keinen einzigen Tropfen Alkohol getrunken habe, empfinde ich die Situation als angemessen, den »besonderen Wein« zu öffnen. Es tut mir leid (warum entschuldige ich mich dafür?), aber: Ich schmecke einfach keinen Unterschied zu dem Drei-Euro-Wein vom Discounter. Der Wein schmeckt gut, klar. Aber ich schmecke in erster Linie Alkohol und nicht Geschmack.

neun

Ich erinnere mich an eine Episode im Jahr 2018: ein Zufall, in den wir beide unbedarft stürzten.

Ich ging alleine ins Kino, wie ich es fast ausschließlich mache. Fremde Menschen im Kino um mich herum sind okay, Freund:innen in den Nachbarsitzen machen mir den Kinobesuch allerdings zur Hölle. Wie sehr ich auch in der Welt des Films versinken mag, unbewusst irritiert mich jeder enervierte Seufzer meiner Begleitung, wenn ich es gerade lustig finde – oder umgekehrt. Daher gehe ich seit vielen Jahren nur noch alleine ins Kino. Und liebe es sehr.

2018. Ich stand einen Moment lang vor dem Kino, um irgendeine Nachricht zu Ende zu tippen. Plötzlich erschrak ich, weil ich deine Stimme hörte.

KONRAD Was immer du auch anschaust, nimmst du dein geliebtes Bruderherz mit?

Ich war irritiert, warum warst du hier? Ihr wohntet damals noch in der Stadt, das schon. Aber die kleinen, alternativen Programmkinos waren nicht Orte, an denen ich mit dir rechnete. Wenn ich an dich dachte, sah ich dich immer eher in einem *Vapiano* abhängen, keine Ahnung, woher dieses Bild kam. Du hattest deinen Schlüssel vergessen und musstest noch ein paar Stunden auf Karin warten, weswegen du durch die Stadt geschlendert bist. Als du mich vor dem Kino sahst, musstest du die Chance ergreifen.

ICH Ja, okay. Klar. Aber es ist ein schwuler Film.

KONRAD Umso besser!

Du wolltest als Ausgleich für deine Rettung meine Eintrittskarte bezahlen, was ich ablehnte, doch du bestandst darauf und wolltest mir damit ein kleines *Geschenk* machen. Schlagartig musste ich an den Queue denken, den du mir Jahre zuvor ebenso als Geschenk gegeben hattest. Kurz davor hatte ich den Text eines Soziologen gelesen, einen Text über den Vorgang des Schenkens als Strategie der kalkulierten Erniedrigung. In diesem Text ging es darum, dass der Schenker den Beschenkten mit seiner Gabe erniedrigen möchte, und je größer die Gabe, umso erniedrigender der Vorgang. Ich zeige dir oder irgendjemandem oder einem fremden Volk aus dem Nichts eine zugewandte, außerordentlich spendable Geste und versuche, mein Gegenüber dadurch in Verlegenheit zu bringen. Ich will das Gegenüber verunsichern, es beschämen – um aus seiner Scham und Verunsicherung in irgendeiner Form Profit zu schlagen.

Ich weiß nicht, ob du mich damals mit dem geschenkten Queue erniedrigen oder mir einfach etwas Gutes tun wolltest. Vielleicht auch beides. Vielleicht war es auch meine eigene Entscheidung, deine Tat als Erniedrigung zu lesen. So oft wurde ich gefragt, ob ich stolz auf den großen Bruder sei, ich sagte immer, *ja*, lächelte blöde, *sehr stolz*, zum Teil meinte ich das sogar auch. Gleichzeitig hasste ich diese Frage. Ich wusste damals nur eines: Der perfekte Bruder hat mit der Abgabe seines Werkzeugs bereits seine zweite erfolgreiche Karriere freiwillig beendet und dabei noch nicht einmal mit dem Studium begonnen.

Wir gingen in den Saal, der Film hieß CALL ME BY YOUR NAME, und ich freute mich schon seit Tagen, ihn endlich sehen zu können. Es folgten beinahe zwei Stunden lang schwule Liebe im Italien der 80er-Jahre, progressiv-liberale Eltern des jugendlichen, suchenden und stürmenden Protagonisten, es wird in drei oder vier Sprachen gesprochen, die Mutter akzeptiert die Homosexualität ihres Sohnes bereits, bevor dieser sich überhaupt seines Begehrens gänzlich bewusst wird, und sowieso: die schier freche Schönheit von Timothée Chalamet. Und dann begannen die letzten 20 Minuten des Films, die konsequent und brutalst alles zunichtemachten, was zuvor an progressivem Potential aufgebaut worden war. Ein junger und ein etwas erfahrenerer Mann erleben eine wunderbare intime Sommerromanze im idyllischen Italien der 80er, nur um am Ende des Films erneut die Unmöglichkeit queerer Liebe zu verkünden: Wir werden nie ein queeres Happy End bekommen.

Zuerst erleben wir eine nicht vollständig auserzählte, dennoch eindeutige Variante eines alten Klischees: Ohne Kommentar, ohne Anbindung an die Geschichte und ohne Notwendigkeit forciert der Film plötzlich in einem persönlichen, intimen Gespräch zwischen Vater und Sohn den »Skandal«, die »Sensation«. Seltsam diffus und elliptisch, gleichzeitig unmissverständlich, deutet der Vater an, dass er früher selbst einmal schwul war, vielleicht immer noch schwul ist, und dass er einen tiefen Schmerz empfindet, diesem Leben nie nachgegangen zu sein. Und dass er ihm vermutlich niemals nachgehen wird. Das wars. Meine durch den Film erworbene Friedlichkeit bekam Risse. Wenig später folgte allerdings die Schlussszene, die mich dazu brachte, aufgebracht aus dem Kinosaal zu stürmen:

Timothée Chalamet mit dem Hörer des Haustelefons, man vernimmt die Stimme seines Liebhabers: Die Geschichte zwischen den zwei Männern ist vorbei. Der etwas ältere erzählt, dass er demnächst eine Frau heiraten werde. Erneut muss ich wie schon so oft in meinem Leben erfahren, dass die Heterosexualität am Ende gewinnt. Dass queere Liebe selbst an einem so ästhetischen und freien Ort wie der italienischen Villa der liberalen Film-Eltern nicht möglich ist. Erneut wird mit einer *alten* Schablone der 80er in einem *neuen* Film aus 2018 das Unvermeidliche in Stein gemeißelt: Ihr Schwulen werdet nie ein Happy End bekommen!

Nach dem Trennungstelefonat sehen wir in einer langen, schnittlosen Einstellung, untermalt von trauriger Musik, einen weinenden Timothée Chalamet, der auf dem Sofa in jener Villa sitzt. Nach diesem Schlussbild setzt der Abspann ein, minutenlang all die Namen der Produktion abspulend – doch die Aufnahme des weinenden Jungen auf dem Sofa läuft nebenher immer weiter. Und dabei denkt man unweigerlich: Gott, ist dieser junge, schwule Mann schön, wenn er weint! Alle im Saal sind zutiefst *betroffen*. Denn dafür sind wir Schwulen da: Wir sind zum Ansehen und Unterhalten da! Unser Leid wird ästhetisiert und fetischisiert. Unerfüllte Liebe unter Männern ist Poesie. Vielleicht hätte es das Publikum auch gar nicht ertragen, mit einem verkrampften Gesicht mit der Hässlichkeit entfesselten Heulens über das Unrecht der letzten Jahrtausende, das jeden Tag aufs Neue bewusst und unbewusst reproduziert wird, konfrontiert zu werden. Das Leid der jungen, schwulen Männer ist ein schönes. Damals wollte ich mich nicht erneut dieser Form homophober Gewalt in der Popkultur aussetzen, das hatte ich lange genug gemacht. Ich wurde wütend, zornig, möglicherweise übertrieben oder pathetisch. Ich verließ fluchtartig den Saal, nachdem der Abspann vorbei war, dem restlichen Publikum und dir ostentativ meinen Ärger demonstrierend. Als ich wütend und den Tränen nahe schnellen Schrittes durch die Gassen flüchtete, fragte ich mich die ganze Zeit nur: *Warum schon wieder diese Geschichte? Warum schon wieder diese Geschichte? Warum schon wieder diese Geschichte?*

zehn

KONRAD Wir sollten über die Beerdigung sprechen, dafür sind wir ja hier.

ICH Löblich, dein Pragmatismus.

KONRAD Was?

ICH Nichts.

Emotionen scheinen abgehandelt zu sein. Weinen, nicht weinen, Beerdigung. Nicht zynisch werden jetzt, Zynismus ist unattraktiv.

ICH Ja, lass uns über die Bestattung sprechen. Entschuldige bitte, ich bin ja auch überfordert damit. Hast du schon irgendwelche Vorstellungen, wie das ablaufen soll? Ich merke gerade, dass ich noch gar nicht viel darüber nachgedacht habe. Seltsam, ich wusste ja von unserem Treffen heute, warum habe ich mir keine Gedanken gemacht? So bin ich doch sonst auch nicht.

Stille.

KONRAD Fehlt er dir?

ICH Nein.

KONRAD Kein bisschen?

ICH Ich glaube, du verstehst nicht, dass ich ein anderes Verhältnis zu unserem Vater hatte als du.

KONRAD Doch, aber –

ICH Ich habe ihn nie so kennengelernt wie du. Ich kann mir bis heute nicht ganz genau erklären, wie eure Beziehung überhaupt funktionieren konnte. Da war ein Vater und da war ein Sohn und die hatten eine Beziehung: kaum vorzustellen.

KONRAD Es tut mir leid, dass du das nie hattest. Als Mama noch bei uns war, war er ein ganz anderer Mensch, weißt du, weniger verhärtet, weicher, vielleicht sogar: freier.

ICH Interessierter?

KONRAD Du warst sehr jung, als Mama ging, du erinnerst dich wahrscheinlich nicht mehr daran.

ICH Ist schon okay.

KONRAD Okay.

ICH Ich habe mich nie nach einem Vater gesehnt. Ich bin zurechtgekommen.

KONRAD Unsere Kindheit war schön, das darfst du nicht vergessen. Unser Vater hat sich Mühe gegeben und alles getan, was er konnte.

ICH Ich weiß. Das macht mich ja so traurig.

KONRAD Du wirkst nicht traurig.

ICH Es macht mich auch wütend. Der Vater hat sich Mühe gegeben und alles getan, was er konnte. Aber es hat nicht gereicht. Zumindest für mich.

KONRAD Niemand hat eine perfekte Kindheit. Wir hatten alles, was wir brauchten.

ICH Außer einen Vater.

KONRAD Du hattest einen Vater.

ICH Dann hatte ich keine Beziehung zu einem Vater. Da war ein Mensch in unserem Haus, den ich zufällig kannte und Papa nannte.

KONRAD Komisch. Irgendwie dachte ich, du hättest ihm längst verziehen. Ich weiß nicht, wieso ich das dachte.

ICH Ich dachte das auch, vielleicht ist es nicht so. Ich hätte lieber keinen Vater gehabt als eine komplexe Beziehung zu einem komplexen Vater.

KONRAD Wieso genügt dir das alles nicht?

Ich will sagen, dass »genügen« keine sinnvolle Kategorie in einer Eltern-Kind-Beziehung ist. Sage aber nichts. Stille.

KONRAD Was war es denn, was so schlimm war?
ICH Alles, was er –
KONRAD Ganz konkret.
ICH Zum Beispiel. Einmal, als ich meinen Geburtstag feierte, sind wir ins Kino gegangen, haben einen ganz schrecklichen Kinderfilm gesehen, meine vier Freunde und ich – und Papa. Ich war vielleicht sieben oder acht Jahre alt. Papa war vollkommen fertig von der Arbeit und dem Haushalt und uns Kindern. Und hat den ganzen Film verschlafen. Was prinzipiell ja nicht schlimm ist. Wir Kinder fanden das sogar furchtbar lustig. Später habe ich Papa gefragt, ob und warum er heute denn so müde war. Und er meinte daraufhin zu mir: *Ich habe doch überhaupt nicht geschlafen.*
KONRAD Was genau daran ist so schlimm?
ICH Papa hat mir meine Wahrnehmung geraubt. Abgesehen davon, dass er sein Kind angelogen hat, hat er das, was ich gesehen habe, verleugnet. Denkst du, ich übertreibe? Ich weiß nicht, für mich war das ein riesiges Dilemma! Das ist für Kinder sehr schlimm, wenn ihnen der Anspruch auf ihre eigene Wahrnehmung entzogen wird. Ich war total verwirrt. Darf ich meiner Sichtweise nicht vertrauen? Habe ich mich getäuscht? Mir wurde in dem Moment von unserem Vater meine Souveränität geraubt.
KONRAD Du warst einfach ein sehr sensibler Junge.

ICH Ich habe mich danach irgendwo verkrochen und niemals mehr wurde darüber geredet. Wie immer in unserer Familie.

KONRAD Mir fällt es leichter zu verzeihen, jetzt, wo er weg ist.

ICH Ich weiß gar nicht, ob ich das überhaupt irgendwann möchte: verzeihen.

KONRAD Früher oder später willst du das, glaube mir.

ICH Egal, ich will nicht mehr, lass uns bitte über die Bestattung sprechen.

elf

Die Rotweinflasche ist beinahe leer. Der besondere Rotwein. Wortfetzen deiner Stimme kreisen in meinem Kopf. Das Gespräch führt sich in imaginären Dialogen fort – und jedes Mal frage ich mich danach: Was hätte ich besser sagen können, warum fehlte mir der Mut, die Schlagfertigkeit, die richtigen Antworten zu geben? Ich will diese fiktiven Gespräche in meinem Kopf nicht mehr, doch gelingt es mir nicht, sie zu stoppen. Meine Gedanken führen mich immer wieder zurück zu dir.

Meine Wohnung wirkt traurig und einsam. Manchmal sehne ich mich danach, mein Leben noch einmal von vorne zu beginnen, die Kindheit, die Jugend noch einmal zu durchlaufen – aber mit dem Erfahrungsschatz, den ich jetzt habe. Meine Schulzeit ist nun etliche Jahre her und dennoch führe ich im Kopf noch immer fantasierte Gespräche mit Lehrer:innen, die unfair agiert haben und für die ich nach Jahren endlich die richtigen Widerworte gefunden habe. Um nach Jahrzehnten endlich meine Genugtuung zu bekommen, meine Ruhe, meinen Frieden.

Albern, ich weiß. Aber. Manchmal lässt es mich einfach nicht los.

Irgendwann kamst du in den Stimmbruch, aber deine Zeit als Musical-Darsteller war ohnehin vorbei. Doch davor, als du noch an diesem großen Theater spieltest, hattest du mich einmal in die magischen Backstagebereiche des Bühnenhauses geführt, wahrscheinlich sogar spürend, dass diese Räume für mich mystischer und zauberhafter waren als für dich, der dort als selbstverständlich ein- und ausgehender Protagonist agierte. Man erinnert sich ja kaum an etwas wirklich. Doch dieses Bild ist eingebrannt in meinen Kopf, es wird sich nie aus den Tiefen meiner Gehirnwindungen entfernen lassen: Du hast gelächelt. Du hast selten gelächelt. Doch bei dieser kleinen Führung, die du damals für mich veranstaltet hast, konntest du es nicht verbergen, konntest nicht deine übliche Coolness performen, du lächeltest. Ich glaube sogar, dass du meine Hand nahmst, was für dieses Alter unter Brüdern, wie wir es waren, eher unüblich war. Doch du: Du wusstest, welches Glück du in mir ausgelöst hast, als du mir dieses liebevolle, persönliche Geschenk gemacht hast. Und gleichzeitig das tiefe Gefühl in jeder einzelnen Pore meines Körpers: *Ich selbst bin nicht genug für all das hier, werde niemals genug sein.*

Natürlich war ich gut genug. Gar keine Frage. Ich trinke den letzten Schluck Rotwein und fühle mich einsam, was mittlerweile sehr selten vorkommt. Ich wische mir die Tränen aus dem Gesicht. Deine Stimme in meinem Kopf. Es ist schon dunkel vor meinem Fenster, es war noch hell, als ich dich besucht habe. Reflexartig nehme ich mein Handy und öffne Grindr. Es sind die üblichen Verdächtigen, die online sind. Darunter auch TOP1979, den ich seit einigen Jahren alle paar Monate treffe. Ich habe seinen echten Namen vergessen, er sagte ihn mir bei unserem ersten Treffen, aber ich erinnere mich nicht. Ich versuche immer zu vermeiden, ihn mit Namen anzusprechen, und nenne ihn immer nur Du oder Sexy. Komisch auch, dass er TOP in seinem Pseudonym für die Dating-App hat, weil ich doch weiß, dass er nicht ausschließlich *top* ist und dass

er gelegentlich auch gerne von mir genommen wird.
Ich überlege nicht lange, sondern tippe in mein Telefon.

ICH Sex?
TOP1979 Ja.
ICH Jetzt?
TOP1979 Ja.
ICH Komme.

Ich atme tief durch, bevor ich mich aufsetze und hin-
terherschicke:

ICH Halbe Stunde.

zwölf

Ich überlege, ob ich das Duschen überspringe, aber aus Höflichkeit gegenüber TOP1979 entscheide ich mich dann doch dazu. Ich wasche meine Achseln so gründlich, wie ich meinen Anus ausspüle. Schließlich kommt das Wasser sauber aus meinem Po gespritzt und ich trockne mich ab, ziehe mich an, nehme Zigaretten, Schlüssel, Telefon, keinen Geldbeutel und gehe los. Ich verspüre eine große Sehnsucht nach Sex.

Es klingt vielleicht seltsam, aber gelegentlich denke ich beim Sex an dich. Nicht in einer erotischen Art und Weise, darin steckt für mich nur wenig erregendes Potential. Es ist eher deine Stimme, die zu mir spricht und sagt: *Sieh dich mal an, sieh, wie du aussiehst, wenn du penetriert wirst!* Es ist eine strenge Stimme, eine vorwurfsvolle. Zumindest deute ich den Ton deiner Stimme so, auch wenn sie in meinem Kopf viel neutraler klingen mag.

Ich weiß, du bist keineswegs homophob. Zumindest nicht mehr, als es andere aufgeklärte, intelligente Menschen auch sind – als es andere moderne, heterosexuelle Cis-Männer wie du sind. Wobei bei dir vermutlich das Wort im wahrsten Sinne gilt: Phobie. Du hast keinen Grund, warum du queere Menschen nicht akzeptieren solltest, du bist nicht explizit homophob, wenngleich deine Stimme mir immer wieder bewusst macht: Ich bin anders als die anderen Männer. Der Chor der Stimmen der modernen, normierten Freund:innen der Realität zementiert jedes Mal aufs Neue: *Ihr Schwulen seid super, echt super seid ihr – aber ihr habt halt nicht die Hauptrollen in den Filmen, Serien oder Romanen, damit*

würden sich zu wenige Menschen identifizieren können,
so eine allgemeingültig-repräsentative Hauptrolle kann
eigentlich nur Till Schweiger haben, aber es ist schön,
dass es euch gibt, euch Schwule, wir finden es echt cool,
dass es euch gibt, also keine Sorge, ihr Schwulen, denn
wir normierten Freund:innen der Realität entscheiden,
was in der Gesellschaft welchen Stellenwert hat, und wir
haben entschieden: WIR TOLERIEREN EUCH SCHWULE
MÄNNER. *Und finden es echt cool, dass es euch gibt.*

Einmal wurde ich von einem Mann von hinten genommen – ich auf allen vieren und er auf den Knien,
mit aufrechtem Oberkörper und seinen Händen fest
an meinem Po. Der Mann hatte einen Spiegel vor seinem Bett stehen und ich wurde unfreiwillig mit einem
Bild konfrontiert, das ich so noch nie sah. Der Anblick
erinnerte mich daran, wie sehr ich Schwule hasste,
als ich ein Kind war. Dieser Spiegel sprach mit deiner
Stimme. Er sagte: *Du bist anders als die anderen Männer.* Es ist eine Sache, schwul zu sein, doch eine andere Sache, Gefallen daran zu finden, etwas in seinem
Anus zu spüren, im Idealfall einen Penis. Noch wenige
Augenblicke zuvor saß ich mit dir an einem Tisch in
einem weißen Haus und analysierte die Wirkungs-
mechanismen eines hässlichen Blumenbilds. Es wurde
alles gesagt, was man sagen konnte, dennoch fehlten
die richtigen Worte. Manche Konflikte sind unauflös-
bar und das Leben geht trotzdem weiter. Es muss nicht
jede Uneinigkeit in Harmonie aufgelöst werden. Ich
weiß es nicht, wie die nächsten Jahre zwischen dir und
mir aussehen werden, ich weiß nur, dass dieser Bruder
immer Teil meines Lebens sein wird. Zumindest glaube
ich das. Ich habe nicht sonderlich viele enge, intime

Freund:innen in meinem Leben, die so einen Bruder einfach ersetzen könnten. Das Problem an dir ist nicht, dass du einen Grill für fünftausend Euro zu deinem Inventar zählst. Es ist auch nicht, dass du deinen Sohn getauft hast. Es ist auch nicht, dass du mich meine ganze Kindheit spüren hast lassen, dass ich anders bin. Das Problem ist nicht, dass du mich schikaniert hast, dass du eine (relativ) stabile Beziehung zu unserem Vater hattest, dass du jetzt ein weißes Wohnzimmer hast. Mit deiner Ehefrau Karin, der Frau, die du schon in deiner Kindergartenzeit deine beste Freundin nanntest. Das Problem ist dein Selbstbewusstsein. Ein Selbstbewusstsein, das durch die Anwesenheit deines geformten Körpers Räume füllt, ein Selbstbewusstsein, auf das ich neidisch bin, das ich auch gerne hätte. Dein Selbstbewusstsein, deine Selbstverständlichkeit. Du sitzt da und sprichst und keine Sekunde überkommt dich die Angst, etwas Falsches sagen zu können. Denn alles, was aus deinem Mund kommt, besitzt eine absolute Richtigkeit – auch wenn die Sachen nicht richtig sein müssen, die aus dir herausprudeln. Nein, herausprudeln ist das falsche Wort, du sprudelst nicht, wenn du sprichst, ich bin einer, der sprudelt, du gleitest, die Worte gleiten aus deinem Mund. Du nimmst dir den Raum, den du brauchst. Deine gleitenden Worte sind unverrückbare Dogmen.

dreizehn

Bei eurer Hochzeit, es war einer der wichtigsten Tage deines Lebens, so sagst du zumindest – es war eine schöne Hochzeit, das muss ich zugeben, auch wenn ich mit der Ehe nicht viel anfangen kann –, da wollte ich auch einmal dieses Selbstbewusstsein des gesprochenen Worts erleben. Ich hatte eine Rede an dich und Karin für die Feier vorbereitet, die Rede akribisch geschrieben und immer wieder überarbeitet und verbessert, tagelang auswendig gelernt – und dir im Vorfeld angekündigt, dass ich bei der Feier ein paar Worte an euch richten würde.

Ich bin durch das Ballett an Lampenfieber gewöhnt. Und auch an die verunsichernden Blicke vertrauter Menschen im Publikum. Aber bei eurer Hochzeit fühlte sich das anders an als sonst. Ich sah all die Menschen, die ich sehr gut, gut, nicht so gut, gar nicht kannte – jede Kategorie von Vertrautheit mit den Menschen, die dich und deine Ehefrau feiern wollten, und da vermochte mich das auf eine andere Art zu verängstigen. Der Gedanke, diese Rede zu halten, trieb mir den Schweiß auf die Stirn. Ich konnte nicht.

Als wir uns bei der Agape nach der kirchlichen Trauung und vor der großen Feier im Anschluss kurz sahen, sagte ich dir, ich könne die Rede nun doch nicht halten, ich sei zu aufgeregt, die Rede sei dumm, ich würde es nicht schaffen. Und dass es mir leid täte. Du warst sehr einfühlsam, du meintest, ich müsse nichts tun, was mich stresst, du würdest nur wollen, dass ich den Tag genieße. Ich solle mir keinen Stress machen. Ich könne ja spontan entscheiden oder die Rede in ein paar

Wochen ganz intim vor euch beiden im Haus halten oder einfach zu eurem 50. Hochzeitstag. Oder eben nie. Es sei ganz allein meine Entscheidung. Und ich war erleichtert. Traurig, dass ich nicht den Mut besaß, mein gut vorbereitetes und geprobtes Geschenk zum Einsatz zu bringen. Aber schon der bloße Gedanke daran ließ meinen Magen gegen den Uhrzeigersinn rotieren.

Nachts, als die Feier schon lange lief und bereits einige Gäste nach Hause gegangen waren, kam dein wirklich dummer Taufpate zu mir, wie sehr ich diesen Typen hasse. Er meinte, wieso ich denn so ein Feigling wäre. Er hat diese Beleidigung als »lustigen« Witz verpackt, als eine dieser lieb gemeinten Boshaftigkeiten unter Männern, die sich nahestehen, es aber nicht hinbekommen, einander ihre Liebe zu zeigen – dein Taufpate wollte mich allerdings gleichzeitig damit treffen, das war immer schon seine Art. Ich antwortete nur, ich hätte das bereits mit dir geklärt, es sei okay für dich, dass ich die Rede zurückgezogen hätte. Und dein Taufpate sagte, wie enttäuscht du in Wahrheit über mein gebrochenes Versprechen wärst. Und dass ich es einfach nie ankündigen hätte sollen. Und dass ich an diesem besonderen Tag doch einmal über meinen Schatten springen hätte können – und ein echter Bruder sein.

Du warst also enttäuscht von mir. Was für ein Wort: Enttäuschung. An der weißen Wand hängen neben dem Gemälde mit den Blumen auch diverse Fotos, darunter ein wunderschönes Hochzeitsbild von dir und Karin. Und daneben Bilder von allen Familienmitgliedern – auch eines von mir. Ich sehe mich an der Wand hängen, woher hast du überhaupt dieses Bild? Und warum hänge ich überhaupt da an deiner weißen

Wand? Ich passe nicht in die Bildercollage. Das Bild von der Mutter: eigenartig, aber okay, meinetwegen, du mochtest es schon immer, wenn die Dinge vollständig waren. Aber ich?

Das Foto erinnert mich an alle meine gescheiterten Beziehungsversuche. Zwar sind Mutter und Vater auf zwei separaten Fotos in ihre eigenen Bilderrahmen eingesperrt, sodass keine Berührung zwischen ihnen möglich ist. Doch dann du und Karin in einem Rahmen, dein unglaublich verblödeter Taufpate und seine Frau, noch weitere Paare, du kennst sie besser als ich – und dann ein kleines Bild rechts unten in einem grauen Bilderrahmen: ich, alleine.

Es ist nicht so, dass ich ein Problem mit meiner Lebensweise habe. Ich war während meines bisherigen Lebens fast immer nur mit mir selbst und kenne mich aus mit dem Alleinsein – auch in einem Bilderrahmen. Es kostet mich manchmal sehr viel Kraft, doch meistens bin ich gerne alleine. Ich war schon als Kind viel mit mir selbst. Der Vater war beschäftigt damit, zu arbeiten und die Familie zu organisieren, der kleine Altersunterschied zwischen uns beiden von fast drei Jahren war dann doch bedeutend genug, dass wir meistens in anderen Gegenwarten unterwegs waren und es wenige Überschneidungen bei unseren Hobbys oder Interessen gab. Bevor ich mein eigenes Zimmer bekam, hatten wir ein oder zwei Jahre lang nur gestritten, uns zerfleischt. Ab dem Moment, in dem ich mein eigenes, kleines Zimmer bekam, habe ich es kaum mehr verlassen. Mein Therapeut fragte mich unlängst, ob du eventuell neidisch auf mich warst. Ich war verblüfft.

Ich antwortete auf seine Frage, dass ich neidisch auf die Erfolge und die Coolness des großen Bruders war.

Er sagte, das sei offensichtlich. Und beharrte auf seiner Frage: *Kann es nicht sein, dass umgekehrt genau so Neid stattgefunden hat?* Ich musste nachdenken.

KONRAD Mir fällt es leichter zu verzeihen, jetzt, wo er weg ist.

ICH So weit bin ich noch nicht. Ich weiß gar nicht, ob ich überhaupt verzeihen möchte. Egal, lass uns über die Bestattung sprechen.

KONRAD Ich dachte an eine Donaubestattung. Wie beim Onkel. Auf einem kleinen Schiff, mit den wichtigsten Menschen.

ICH Damit bin ich einverstanden. Mir ist nur eines wichtig: keine religiösen Zeichen. Papa ist vor Ewigkeiten aus der Kirche ausgetreten und hat klar verständlich gemacht, dass er an keinen Gott glaubte.

KONRAD Damit bin ich einverstanden.

ICH Und ich möchte eine Rede halten.

KONRAD Wirklich?

ICH Ja.

KONRAD Was willst du sagen?

ICH Das weiß ich noch nicht. Ich will bloß ein paar Worte an die Gäste richten, die teilnehmen. Papa hatte kaum Freunde oder Freundinnen. Diejenigen, die kommen werden, bedeuten schon etwas. Mit denen möchte ich gerne ein paar Gedanken und Gefühle teilen.

KONRAD Vielleicht sage ich auch ein paar Worte.

ICH Das wäre okay für mich.

KONRAD Keine Blumen, würde ich sagen. Und wir spielen ein Lied von Hildegard Knef, wenn die Urne ins Wasser gelassen wird.

ICH Welches Lied?

KONRAD Weiß ich noch nicht. Kennst du ein passendes von der Knef?

ICH Sie hat eigentlich nur Hits geschrieben, jedes Lied von ihr ist fantastisch. Bitte nicht die »Roten Rosen«, das ist zu klischiert und kitschig. Außerdem hat Papa das Lied immer gehasst, weil sie so sehr darauf reduziert wurde. Ich höre mich die Tage mal durch ihre Alben und suche etwas aus, okay?

vierzehn

Vor ein paar Wochen konnte ich nicht einschlafen. Obwohl ich wahnsinnig müde und mein Körper tierisch erschöpft war. Ich habe einfach keine Ruhe gefunden, einzuschlafen schien mir unmöglich. Irgendwann habe ich – ich kann mir nicht erklären, aus welchen verborgenen Tiefen diese Idee plötzlich kam – meinen Laptop aufgeklappt und auf YouTube *Harald Schmidt Show* eingegeben. Da habe ich festgestellt, dass dort ein Großteil seiner unzähligen Sendungen seit 1995 zu finden ist. Ich hatte das alles seit den Erstausstrahlungen in meiner Kindheit nicht mehr gesehen und nie wieder daran gedacht. Als ich in dieser schlaflosen Nacht die ersten fünf Minuten einer seiner frühen Sendungen angesehen hatte, in der Schmidt ein paar Witze zum Thema Ehe und Scheidung (hätte auch jedes andere beliebige Thema sein können) von sich gab, stellte sich in meinem Körper ein wärmendes, geerdetes Gefühl der inneren Ruhe ein. Friedlichkeit. Wie man sich vorstellt, dass es sich anfühlt, von der Mutter zugedeckt zu werden. Die nächsten fünf Minuten habe ich nur noch beiläufig miterlebt. Nach der zehnten Minute war ich bereits eingeschlafen.

Wenn ich als Kind nicht schlafen konnte, schlich ich oft heimlich in die Küche und setzte mich leise auf den Fußboden. Der Vater, der im Wohnzimmer in seinem Sessel vor dem Fernseher versank, bemerkte mich meist gar nicht. Normalerweise war er auch längst eingeschlafen und hat von dem Fernsehprogramm nichts mehr mitbekommen. Aber ich hörte in diesen Nächten auf dem Küchenboden sitzend Harald Schmidts betörende

Stimme (erst Jahre später entdeckte ich das Gesicht zu dieser Stimme, das ganz anders war, als ich es mir immer vorgestellt hatte). Später – in unserer Jugendzeit der frühen 2000er-Jahre – saßen du und ich noch ein paar Mal gemeinsam vor dem Fernseher und waren ohne miteinander zu sprechen in die *Harald Schmidt Show* vertieft. Gelegentlich lachten wir dabei hörbar. Was für unsere damaligen Verhältnisse schon der Intimität von Gemeinsam-nackt-in-der-Sauna-Sitzen nahekam.

Am nächsten Morgen bin ich nach tiefem, erholsamem Schlaf aufgewacht und mein erster Gedanke war: *Manuel Andrack.* Erinnerst du dich noch an Manuel Andrack? Das war der Chefredakteur von Harald Schmidt und ab den 2000er-Jahren der Sidekick der Sendung, mit dem Schmidt sich über meist unverschämt belanglose Dinge unterhielt (was nach wie vor von großem Belang ist!). Ich blickte beim Aufwachen in Andracks Gesicht, das sich vor meinem inneren Auge zusammensetzte, und spürte ein Unbehagen, als hätte ich mich seit Ewigkeiten nicht mehr bei einem guten, alten Freund gemeldet. Ein nagendes schlechtes Gewissen. Bei Harald Schmidt bekommt man ja mit, was der heute so macht. Über Manuel Andrack hatte ich seit damals nie wieder etwas gehört. Es löst fast Mitleid in mir aus, dass sein öffentliches Bild nur im Verhältnis zu Schmidt existiert, nie für sich allein, nie unabhängig vom anderen – wie ein kleiner Junge in einem Dorf, der immer im kühlen Schatten des großen Bruders stand. Und wenn ihn mal ein einzelner funkelnder Sonnenstrahl traf, wich er aus eigenem Antrieb aus und stellte sich wieder in jenen kühlen Schatten.

Auf meinem Nachhauseweg nach unserem Treffen google ich Manuel Andrack. Er hat sich längst aus dem Fernsehen zurückgezogen. Und sein Leben dem Wandern gewidmet. In den letzten Jahren hat er zahlreiche Bücher über das Wandern veröffentlicht.

fünfzehn

Während ich mit wie immer schnellem Schritt zu meiner Verabredung eile, blicke ich wie immer auf den Asphalt unter meinen Füßen und erwische mich wie immer dabei zu denken, dass ich durch diesen Bodenblick vermutlich klein und unwichtig auf Leute wirke, die mich beim Vorbeiflitzen beobachten.

Woraufhin ich ruckartig – wie immer, wenn ich mich ertappe – meinen langen Balletthals mache und mich zwinge, mit den Augen die Fenster der zweiten Stockwerke (perfekter Winkel) um mich herum anzuvisieren – was ich ein paar Minuten durchhalte. Bevor ich es wieder vergesse, mein Blick erneut Richtung Asphalt sinkt, ich mich wenig später wieder dabei erwische, wie gebückt und klein ich bin – und das ganze Spiel von vorne beginnt. Die erste Hälfte des Weges gehe ich zu Fuß, wie ich es immer tue. Danach werde ich in den Bus steigen, denn es würde zu lange dauern, den gesamten Weg zu Fuß zu gehen, außerdem will ich nicht verschwitzt und hechelnd auftreten, wenn ich bei ihm ankomme, deswegen nehme ich auch das Verkehrsmittel in der zweiten Hälfte.

Ich bin den Weg zu TOP1979 schon so oft gegangen und doch bin ich aufgeregt, wie ich es immer bin vor dem Sex mit einem Menschen, den ich kaum kenne – na ja, was heißt schon kennen? Drei Mal bleibe ich stehen und möchte umdrehen, mit dem vertrauten, beinahe archaischen Gefühl, einen großen Fehler zu begehen. Ich gehe weiter, aber mit verunsichertem Schritt. Obwohl ich eine Flasche Rotwein intus habe und diese

Sache eigentlich schon gewohnt sein müsste. Ich hatte schon ziemlich oft Sex mit TOP1979, wir »kennen« uns relativ lange und vielleicht sogar sehr gut, wie war denn nur sein Name noch einmal?

Bestimmt etwas Beliebiges wie Michael oder Peter. Ich trage einen Stringtanga, weil ich weiß, dass ihm das gefällt, und mich stört es nicht, wenn dieses Band in meiner Arschritze spannt, wenngleich es mich nicht unbedingt anturnt. Ich tue es, um ihm einen Gefallen zu tun. Als Gegenleistung bekomme ich dann das, was ich mir wünsche. Und heute will ich es.

Selbstverständlich ist man immer aufgeregt vor einem Sexdate. Wir haben verhältnismäßig wenig Routine darin, jemanden zu besuchen und dabei zu wissen, dass das Treffen in erster Linie und von Anfang an nur Sex dienen soll. Joseph, mein heterosexueller Freund, sagte vor vielen Jahren zu mir, dass das bei Heten nicht funktionieren würde. Joseph meinte, natürlich würden auch Männer und Frauen wissen, dass sie sich auf den Wein oder den Film oder das Zusammenbauen des neuen Billy-Regals nur treffen, um miteinander zu schlafen. Aber Joseph meint immer, bei Heten sei dieser Umweg notwendig. Keine Ahnung, vielleicht ist Joseph auch nur ein Idiot, der es einfach nicht hinbekommt, eine Frau mit tollkühner Direktheit nach Sex zu fragen.

Die Regeln der letzten Jahrhunderte stecken jedenfalls tief in unseren Körpern und fühlen sich dabei oft an, als wären sie unverrückbare Naturgesetze: Wir haben gelernt, dass es okay ist, gemeinsam nackt zu sein, wenn wir als Erwachsene zusammen in der Sauna sitzen. Wir haben gelernt, dass man beim Pinkeln am Pissoir immer eine Schüssel Abstand hält und sich nicht direkt neben einen anderen stellt – und dass man maximal eine halbe Sekunde auf den Penis des anderen sehen darf und danach unbedingt so tun muss, als wäre der Blick nur ausgerutscht und als hätte man den Penis gar nicht bewusst wahrgenommen. Wir haben gelernt, einander die Hände zu schütteln, uns vor einer Premiere *Toitoitoi* zu wünschen, nach dem Sex eine Zigarette zu rauchen. Aber es gibt keine Richtlinien, wie man sich verhalten soll, wenn man sich anschickt, mit jemandem Sex zu haben, nachdem man fünf Nachrichten mit insgesamt sechs Worten ausgetauscht hat – d. h., man wird ankommen, es folgen maximal vier bis sechs Minuten Smalltalk, spätestens dann ist man gemeinsam nackt und beginnt gemeinsam, nackte Dinge zu machen.

ICH Sex?
TOP1979 Ja.
ICH Jetzt?
TOP1979 Ja.
ICH Ich komme.

Fünf Nachrichten, sechs Worte, Grund genug für mich, zu laufen. Währenddessen hallen die Sätze, die du in den vergangenen Stunden in deinem weißen Wohnzimmer gesagt hast, wie ein Echo durch meinen Kopf: *Derzeit habe ich alles unter Kontrolle.* Asphalt, Fenster der obersten Stockwerke, Asphalt, Fenster der obersten Stockwerke, Asphalt, Fenster – ich steige in den Bus. In ein paar Minuten werde ich vor seiner Haustüre stehen und klingeln, ich freue mich und grinse wie ein Vollidiot, als ich ganz alleine im Bus sitze – wie schön, gleich werde ich Geschlechtsverkehr haben!

sechzehn

KONRAD Hast du seit seinem Tod schon mit deinem Therapeuten gesprochen?

ICH Ich gehe derzeit nicht in Therapie, mache quasi eine Pause. Eh schon seit einem halben Jahr. Ich kann jederzeit wieder einen Termin bei ihm haben. Aber gerade will ich ein bisschen Ruhe.

KONRAD Okay.

ICH Ich brauche das momentan nicht.

KONRAD Verstehe.

Wie du das sagst, *verstehe*, wie du das Wort *verstehe* sagst, so würde das meine fantasierte, innere Version deiner Stimme nie sagen. Mir wird wieder mit erschreckender Klarheit bewusst, dass ich nicht mit meinem fiktiven Bruder spreche, sondern dass alles in der Realität stattfindet – es schmeckt nach Realität, es fühlt sich wie Realität an: dein Wohnzimmer, deine Stimme, zwei Brüder, die wirklich miteinander reden.

ICH Und du?

KONRAD Was?

ICH Machst du gerade Therapie?

KONRAD Ja, aber nur noch ein Mal im Monat. Das ist nicht oft, dafür aber umso ertragreicher, was das Preis-Leistungs-Verhältnis betrifft.

ICH Ist doch gut.

KONRAD Die letzten Tage habe ich einfach sehr viel mit Karin gesprochen, die hilft mir gerade sehr. Sie hat das alles ja schon längst durch.

ICH Stimmt, das hat sie. Das vergesse ich manchmal. Dass Karins Vater schon tot ist.

Manchmal vergesse ich, dass Karin auch eine Biografie hat.

KONRAD Du warst doch sogar mit auf der Beerdigung von Martin damals, oder?

ICH Ja, aber das ist schon so lange her, 15 Jahre?

KONRAD 16.

ICH 16. Okay. Gut kann ich mich jedenfalls nicht mehr daran erinnern.

KONRAD Es war schön, die haben das sehr stilvoll hinbekommen.

ICH Schön.

KONRAD Karin hat mir gestern erzählt, dass sie damals nach der Beerdigung von ihrem Vater – als alle schon weg waren und sie nur noch mit mir in der Küche übrig blieb – einen heftigen Lachanfall bekommen hat. Das hatte ich schon ganz verdrängt, ich konnte mich erst wieder erinnern, als mir Karin die Geschichte noch einmal geschildert hat. Dann sind wir gestern im Bett gelegen und haben beide schallend angefangen zu lachen – über ihren Lachanfall vor 16 Jahren. Das hat sich gut angefühlt. Befreiend irgendwie.

ICH Warum musste sie lachen nach der Bestattung ihres Vaters?

KONRAD Sie hatte die Nacht davor wohl nicht geschlafen, sie hatte alles alleine vorbereitet und der Notar war unglaublich stressig und grob, was das Erbe betraf, deswegen saß sie die ganze Nacht über Dokumenten, Papieren, deren Sinnhaftigkeit und Logik sie versuchte zu entziffern. Nach der Bestattung war sie komplett übermüdet und hat plötzlich – aus dem Nichts – irgendeinen eigentlich ziemlich simplen

Paragraphen verstanden, über den sie sich in der Vornacht drei Stunden lang vergeblich den Kopf zerbrochen hat. Da musste sie einfach wild über ihre eigene Blödheit lachen.

Ich erinnere mich nicht, Karin je lachen gesehen zu haben. Mir wird bewusst, dass ich eine ganz andere Karin kennen muss als du, deine Karin habe ich vermutlich noch nie getroffen. Sie muss schließlich irgendetwas an sich haben, dass du sie so liebst – immer noch so liebst – nach all den Jahren. Wie Karin wohl so ist, wenn ihr nur zu zweit seid? Freier? Entfesselter? Nicht mehr durch und durch kontrolliert?

ICH Du, Konrad, sag mal, eine Sache: Ich überlege gerade, wie wir die Bestattung organisieren, das kann ich, das können wir.

KONRAD Aber?

ICH Mir wird gerade bewusst, dass die Planung der Bestattung ja nur der kleinste Teil der Anstrengung ist. Daran habe ich in den letzten Tagen noch gar nicht gedacht. Also, dass es ja nach seinem Tod noch viel mehr lästige Organisationsaufgaben gibt. Ich weiß gar nicht so recht, wie macht man so etwas?

KONRAD Alles gut, keine Eile, nur der Reihe nach. Wir müssen nicht alles sofort *bewerkstelligen*.

Du verwendest tatsächlich dieses Wort, du sprichst es aus, als wäre es kein Wort, das man normalerweise nur schriftlich verwendet, sondern genauso gut in alltäglichen, beiläufigen Gesprächen: bewerkstelligen.

ICH Vielleicht werde ich am Sonntag ins Haus fahren und die Dokumente zusammensuchen. Sonntag hätte ich Zeit, da proben wir nicht. Dann könnte ich auch gleich den Kühlschrank ausräumen und so weiter, bevor das schimmlig wird.

KONRAD Langsam, langsam.

ICH Ich hatte bisher nicht daran gedacht, aber es gibt ja noch unglaublich viel zu tun!

KONRAD Karin und ich waren schon einen halben Tag im Haus. Mehr Zeit hatten wir auch noch nicht. Aber wir haben alles Verderbliche mitgenommen oder entsorgt, alle Dokumente von Papa sind jetzt bei uns, Papas Post kommt nun ebenfalls zu mir – und den großen Fernseher habe ich übrigens auch mitgenommen, ich hoffe, das stört dich nicht, das können wir später noch besprechen, der steht jetzt erst einmal in unserem Schlafzimmer. Ach ja, und ich habe – bevor wir wegmussten – noch den Strom abgestellt. Die restlichen Dinge haben keine Eile, das Wichtigste haben Karin und ich schon erledigt. Also stress dich bitte nicht, ja?

ICH Okay. Danke. Also. Ja. Danke.

KONRAD Kein Ding.

ICH Sag einfach, wenn ich irgendetwas machen soll.

KONRAD Mach ich, derzeit habe ich alles unter Kontrolle.

ICH Warum habt ihr mich nicht angerufen?

KONRAD Wie bitte?

ICH Als ihr im Haus wart, warum habt ihr mich nicht angerufen? Einen Tag hätte ich mich bestimmt von den Proben freistellen lassen können und helfen.

KONRAD Wir wollten dich nicht noch mehr belasten.

ICH Okay. Danke. Aber ihr hättet mich anrufen sollen. Ich wäre gekommen und hätte geholfen.

KONRAD Beim nächsten Mal rufe ich dich an.

ICH Okay.

KONRAD Okay.

Mein *Okay* klingt, als ob ich es zu mir selbst sagen, mir selbst bestätigen würde, dass es okay ist. Dein *Okay* klingt, als wäre es eine Aussage mit einem Punkt am Ende, wobei der Punkt jedoch eigentlich ein verborgenes Fragezeichen markiert.

siebzehn

Es ist nicht so einfach, sich selbst zu belügen. Man denkt ja automatisch, man wäre ehrlich mit sich selbst, man hat ja keinen Grund zu vermuten, dass man sich selbst manipuliert. Man geht davon aus, dass man sich selbst andauernd und stets kritisch reflektiert und mit den eigenen Mängeln konfrontiert. Wir erzählen uns selbst tatsächlich immer wieder mal unangenehme Wahrheiten über unser Wesen – nur um all die anderen auf Lügen basierenden Narrative weiterhin glauben zu können. Wie sollten wir auch die Fähigkeit aufbringen, zu uns selbst immer beinhart ehrlich zu sein?

Sicherheit hat mich noch nie sonderlich interessiert. Das ist mein Narrativ. Sicherheit war für mich schon immer bloß ein Märchen. Ich war in meiner Kindheit so sehr an die Unbeständigkeit aller Dinge gewöhnt worden, dass mir die Vorstellung von stabilen, kontinuierlichen Sicherheiten faul und bequem erschien.

Wir sitzen in deinem Wohnzimmer. Ich möchte mich dir anvertrauen, das schon. Dich schockieren auch. Ich will deine Anteilnahme genauso wie deine vorschnelle Ablehnung. Ich will mich dir offenbaren, mich dir zumuten, mich dir aufdrängen. Manchmal denke ich, dass, wenn etwas ist, automatisch etwas anderes, also das Gegenteil, eben nicht sein kann. Eine romantische Arithmetik. Das ist natürlich Blödsinn. Das weiß ich eigentlich sehr gut. Etwas kann sein und das Gegenteil kann gleichzeitig genauso gut sein, auch wenn wir uns eine klar definierte Einordnung der bestehenden Verhältnisse wünschen. Wenn man glücklich ist, kann man gleichzeitig nicht traurig sein.

Wenn die Ehe gut läuft, kann sie nicht gleichzeitig schlecht laufen.

Du hast mich vor einiger Zeit mal gefragt, wann ich es gewusst habe. Also, wann ich gewusst habe, dass ich schwul bin. Ich erklärte es dir. Das ist ein diffuser Prozess der Selbsterkenntnis, der für Menschen wie dich oft schwer nachzuvollziehen ist. Wann wusste ich es? Dass ich schwul bin. Mit 17 Jahren wahrscheinlich. Da hatte sich diese Tatsache unvermeidbar und kämpferisch in mein Bewusstsein gedrängt. Mit 17 war es mir klar, da habe ich es mir endlich eingestanden, habe zu mir selbst gesagt, okay, ich bin schwul, das ist keine Phase, nicht nur ein pubertäres Hobby, nein, ich bin schwul. Auf der anderen Seite wusste ich es auf eine gewisse Art auch schon mit vier Jahren. Ich wusste es nicht ganz genau. Ich wusste es nicht auf eine Weise, die ich durch Worte oder Zeichnungen oder Gesten ausdrücken hätte können. Ich konnte mir selbst mit vier Jahren nicht bewusst machen, dass ich anders als die anderen war. Aber heute weiß ich, dass ich es damals schon wusste. Mein vierjähriges Ich hörte unentwegt diese bohrende Stimme, die ihm von seiner persönlichen Sexualität berichtete. Wir Homosexuellen beschäftigen uns sehr lange sehr intensiv und mit viel lästigem Aufwand damit, uns selbst und den anderen nicht zu offenbaren, wer wir wirklich sind.

Und später müssen wir arbeitsintensive Ausgrabungen durchführen, um wie Archäolog:innen durch all das Verschüttete wieder in Kontakt mit uns selbst zu treten.

Es ist ein seltsamer Prozess, diese Bewusstwerdung der eigenen nicht-normierten Sexualität, ein Prozess, begleitet von Wörtern wie *wissen*, *denken*, *glauben*, *ahnen*, *leugnen*, *fühlen*, *spüren*, *vermuten*, *verdrängen*, *vergessen*. Irgendwie wusste ich es. Andererseits habe ich mir mit 15 trotz regelmäßigem Masturbieren zu Schwulenpornos halbwegs erfolgreich eingeredet, dass dies ja nur ein lustiges Hobby sei. Wir queeren Menschen unterscheiden uns von den anderen vor allem dadurch, dass wir nicht eine pubertäre Selbstfindung durchmachen, sondern zwei. Mindestens.

Während der ersten belügen wir uns, versuchen permanent jemand anderes zu sein, reproduzieren den Mainstream, um – was in diesem Alter fast das Wichtigste ist – nicht aufzufallen. Um von den Mitschüler:innen anerkannt und akzeptiert zu werden. Beliebt zu sein. In der zweiten Pubertät müssen wir uns dann nicht nur – wie alle Menschen – uns selbst stellen und unserem Begehren endlich nachgehen, sondern müssen bei diesen archäologischen Grabungen in uns nach unserer eigentlichen Identität auch noch die mit Zement befestigte fiktive Narration der letzten Jahre abtragen, um überhaupt wieder in Kontakt mit uns selbst zu treten. Um dann irgendwann in Kontakt mit der Welt treten zu können. Das ist anstrengend. Das ist viel Arbeit. Das bedeutet Kraft, Schmerz, Verunsicherung – und hoffentlich irgendwann eine neue Freiheit. Manche – vielleicht sogar viele – erleben diese zweite Pubertät erst mit 50 oder 60 Jahren.

Die letzten Jahrhunderte mit ihren homophoben, xenophoben, sexistischen Narrationen in Pop- und Hochkultur hinderten uns mit brutalster Vehemenz daran, uns selbst kennenzulernen. Die Gegenentwürfe eines androgynen David Bowie oder eines schwulen Freddie Mercury, das Outing von Ellen DeGeneres sowie viele weitere Fragmente der queeren Geschichte sind nur gefeierte oder störende Ausnahmen: Queer ist zwar manchmal eh okay, aber queer ist immer nur DAS ANDERE. Immer das Abseits, immer die einsame, gleich wieder vergessene, exotisierte Nebenhandlung der Geschichte, deren Hauptdarsteller:innen Julia Roberts und Richard Gere sind, die am Ende die glückliche Liebe ausleben dürfen.

achtzehn

ICH Okay.
KONRAD Okay.

Schweigen. Einige Sekunden lang. Okay. Dann:

ICH Du hast also den großen Fernseher mitgenommen?
KONRAD Ja, übergangsmäßig. Du kannst ihn gerne
    haben. Ich bestehe nicht auf dem Fernseher.
ICH Danke, ich brauche keinen Fernseher.

Ich brauche keinen.

ICH Aber über diese Dinge müssen wir sprechen, oder?
    All diese Dinge. Nicht unbedingt der Fernseher, aber
    alles andere halt.
KONRAD Ja, das machen wir beizeiten. Lass uns erst
    einmal die Bestattung hinter uns bringen, wenn das
    vorbei ist, können wir uns dem anderen Kram wid-
    men.
ICH Okay. Ja. Die Bestattung. Gute Idee.
KONRAD Warte kurz. Schau mal. Hier. Habe dieses Foto
    von ihm gefunden. Wir dachten, das könnte man für
    die Parte verwenden.
ICH Ja, passt ganz gut.
KONRAD Kannst du das vielleicht übernehmen mit der
    Parte? Du kennst dich besser aus, wie man das stil-
    voll gestaltet, mit den Zitaten und welche Schriftart
    und so weiter.
ICH Ja, klar, mache ich.
KONRAD Cool, danke.

ICH Von wann ist das Foto?

KONRAD Weiß nicht genau, vielleicht von vor zwei, drei Jahren?

ICH Ich habe das noch nie gesehen, dieses Foto. Seltsam. Wer das Foto wohl gemacht hat.

KONRAD Weiß ich gar nicht. Ich habe es in der Küchenschublade gefunden.

ICH Okay.

Was machst du eigentlich mit einem Fernseher? Du bist doch ein moderner, noch halbwegs junger Mann – besitzt man da noch immer einen Fernseher? Sind die Möbel zum Fernseher ausgerichtet? Stellt ihr den neuen Fernseher ins Schlafzimmer? Wozu? Um dann gemeinsam abends »Wetten, dass…!?« anzusehen. Das gibt es doch nicht mehr.

ICH Du – vielleicht sollten wir doch noch kurz über das Testament und all das sprechen, mir kommt es gerade ziemlich albern vor, über die Parte oder über Hildegard-Knef-Lieder nachzudenken, wenn ich mir gleichzeitig permanent vorstelle, dass da irgendwo dieses blöde Haus steht, um das sich jemand kümmern muss, und dass das wir zwei sind.

KONRAD Also –

ICH Was passiert denn mit dem Haus? Also, wie läuft so etwas ordentlich ab? Muss ich irgendetwas tun oder melden sich die bei mir? Wem gehört das Haus jetzt überhaupt?

KONRAD Das Haus gehört zur Hälfte mir und zur Hälfte dir.

ICH Okay.

KONRAD Ich würde vorschlagen, dass wir das Haus

ausräumen und sanieren lassen, danach verkaufen wir es, wir haben da wahrscheinlich gute Chancen. Das Geld teilen wir uns dann.

ICH Okay. Ja.

KONRAD Außer natürlich, wenn du das Haus haben willst. Dann finden wir bestimmt eine andere Lösung.

ICH Ich will es auf gar keinen Fall.

KONRAD Das dachte ich mir schon.

ICH Mich wundert nur, dass du es nicht willst.

KONRAD Ich habe bereits ein Haus, wozu bräuchte ich ein zweites?

ICH Keine Ahnung. Ich dachte nur. Wegen der Sentimentalität und so.

KONRAD Es tut schon weh, wenn ich mir vorstelle, dass da wildfremde Menschen durch die Zimmer laufen, unsere Zimmer. Oder eben nicht mehr unsere Zimmer. Aber was soll man machen? In unserer Familie gibt es niemanden, der es brauchen könnte. Also muss man sich wohl schweren Herzens trennen davon.

ICH Ich trenne mich gerne. Und wünsche der neuen Familie bessere Zeiten in diesen Zimmern, als wir sie hatten.

KONRAD Weißt du was, wir fahren einfach in den nächsten Wochen zusammen hin. Du und ich. Zur Verabschiedung oder so. Wenn alles ein bisschen ruhiger geworden ist. Und dann besprechen wir, wie wir das alles machen wollen. Dann kommt die Firma für die Entrümpelung und der Innenarchitekt und so weiter. Und dann ist es vorbei damit.

ICH Ja, klingt gut, können wir gerne machen.

KONRAD Sieh es doch mal von der Seite: Ich kann mir vorstellen, dass trotz der Kosten eine ganz gute

Summe für uns beide rausspringen wird. Gibt Schlimmeres, oder? Als unverhofft eine Menge Geld zu bekommen? – Du wirkst etwas abwesend, hallo du, wo bist du denn gerade?

ICH Entschuldige. Ich grüble nur die ganze Zeit: Wer hat wohl dieses Foto von Papa gemacht?

KONRAD Keine Ahnung, vielleicht einfach seine Haushälterin.

ICH Aber warum lächelt er dann? Er lächelt so ehrlich auf diesem Foto. So habe ich ihn nie lächeln gesehen, zumindest nicht während der letzten zehn, zwanzig Jahre. Wer hat es *bewerkstelligt*, dass unser Vater auf einem Foto so ehrlich lächeln kann?

KONRAD Sein Lächeln wirkt tatsächlich ziemlich authentisch.

ICH Vielleicht gibt es ja auch etwas, das wir nicht wissen.

KONRAD Was meinst du?

ICH Papa hatte keine Freunde oder Freundinnen, keine, von denen wir wussten. Aber vielleicht gab es in den letzten Jahren ja doch jemanden? Ein kleines Geheimnis unseres Vaters.

KONRAD Dann wäre er zumindest nicht so alleine gewesen.

ICH Überleg doch einmal, Konrad. Vielleicht müssen wir uns auch gar nicht um dieses dumme Haus kümmern – weil es gar nicht uns gehört! Vielleicht hat er alles einer heimlichen Geliebten vermacht, von der wir nichts wissen.

KONRAD Nein, das glaube ich nicht.

ICH Woher willst du das wissen? Kann ja möglich sein. Fände ich sogar ganz gut eigentlich, die Vorstellung einer geheimnisvollen, postpubertären, späten

Affäre unseres Vaters. Ist irgendwie witziger, als eine
große Menge Geld zu bekommen. Wenn man Geld
hat, hat man auch Probleme. Und man muss sich
kümmern und verwalten.

KONRAD Ich denke, dass das Haus uns gehört. Und dass
Papa keine geheime Liebschaft hatte. Das hätten wir
doch bemerkt. Kennst ja, wie schlecht er lügt.

ICH Wieso bist du dir so sicher mit dem Haus?

KONRAD Hat Papa mal gesagt. Vor ein paar Jahren.
Oder vor einem Jahr. Oder so. Wir können aber auch
gleich nachsehen, wenn du willst, das Testament
liegt auf meinem Schreibtisch.

Bei einem der vielen Besuche von Iris Berben in Thomas Gottschalks Show »Wetten, dass…!?« saß ihr
Sohn im Publikum und wurde interviewt. Während
Iris Berben selbst am prominenten Sofa im Zentrum
saß. Natürlich hatte Thomas Gottschalk auch auf mich
eine penetrant harmonisierende Wirkung, aber dieses
kurze Gespräch zwischen Gottschalk und Berben auf
dem Sofa und dem Sohn im Publikum irritierte mich.
Für einen Moment nahm mir die Vorstellung – nicht
nur einer Mutter, sondern einer berühmten Mutter – jegliche Lebensfreude. Ich schämte mich beinahe.
Und wusste nicht, wer von den dreien ich gerne wäre.
Derjenige, der eine Mutter hat. Diejenige, die auf dem
berühmtesten Sofa des deutschsprachigen Raums saß.
Oder der, der mit Leichtigkeit etwas erzeugen konnte,
was sich oberflächlich wie die Geborgenheit einer hei-
len Familie anfühlt.

ICH Du hast das Testament schon? Auf deinem Schreibtisch.

KONRAD Ja, habe ich.

ICH Wieso? Also, ich meine – wieso? Also: Wie kommst du dazu? Das ging schnell.

KONRAD Ich habe bereits ein paar Mal mit dem Notar telefoniert und war vorgestern bei ihm im Büro. Der Karl ist das, ich kenne den ja noch von früher, wir waren in der Volksschule in derselben Klasse.

ICH Interessant. Du hast also mit Karl, dem Notar, gesprochen?

KONRAD Ja, er hat sich bei mir gemeldet, was hätte ich denn tun sollen?

ICH Weiß nicht. Aber. Warum erzählst du dann die ganze Zeit, dass wir das irgendwann später gemeinsam in Ruhe angehen? Warum hast du mich nicht eingebunden? Als du bei Karl warst. Das ist doch etwas, das wir gemeinsam machen sollten.

KONRAD Ja, da hast du Recht, machen wir ab jetzt alles gemeinsam.

ICH Kein Vorwurf, tut mir leid, es ist nur. Ich will es nur verstehen, bitte hilf mir, das zu verstehen – das ist doch etwas, was man gleich erzählen würde, oder? Vielleicht doch ein Vorwurf. Dass du beim Notar warst und das Testament erhalten hast, das ist doch etwas, worüber man den Bruder gleich informieren würde?

KONRAD Ich habe doch noch gar nicht ins Testament hineingesehen. Papa hat irgendwann erzählt, dass das Haus in gleichen Teilen auf uns beide überschrieben wird, ich denke, daran hat sich nichts geändert. Wir machen das demnächst in Ruhe, ja?

ICH Warum hast du das alles ohne mich gemacht?

KONRAD Vielleicht wollte ich dich einfach schützen.

neunzehn

Als ich ankomme, ist dieser vertraute unvertraute Mann unglaublich nett und höflich zu mir – so wie er immer ist. Er bietet mir Bier an, ich sage: Ja. TOP1979 hat alles Mögliche in seinem Kühlschrank, ich könnte ein Red Bull trinken oder einen Gin Tonic mit einem teuren, edlen Gin, ich könnte Orangensaft mit Fruchtfleisch bekommen oder Mineralwasser mit Limetten-Minze-Geschmack. Ich nehme wie immer Bier. TOP1979 öffnet für sich selbst auch ein Bier, er trinkt aber bei jedem unserer Treffen nur dieses eine (0,33 ℓ), weil er sonst Angst hat, keine Erektion mehr zu bekommen.

Mein Blick schweift durch seine absurd große Wohnung (was arbeitet TOP1979 eigentlich, dass er sich so eine Wohnung leisten kann?). Ich weiß meistens nicht mehr, worüber wir schon gesprochen haben und woran ich mich eigentlich erinnern müsste. Deswegen lasse ich die meisten Themen einfach weg, um der Peinlichkeit zu entgehen, meine Vergesslichkeit eingestehen zu müssen, und ich frage nicht (mehr) nach Beruf oder dergleichen. Ich versuche immer nur Gegenwärtiges zu besprechen. Es geht nur um das Hier und Jetzt – immer.

ICH Du hast umgestellt.
TOP1979 Ja, mir war langweilig und ich hatte Zeit. Da dachte ich mir, ich kann mal etwas verändern. Gefällt es dir?
ICH Ja, gut, sieht größer aus jetzt.
TOP1979 Es kommt nicht unbedingt auf die Größe an.
ICH Bei einer Wohnung schon.

Auf einer Kommode sehe ich ein gerahmtes Bild, eine Karte mit Glückwünschen zum Geburtstag. Mit einem Szenenbild aus MALCOLM MITTENDRIN, einer Serie, die auch ich früher gelegentlich gesehen habe und bei der ich mich verunsichert gefragt habe, ob ich ebenfalls ein Genie sein könnte. Auf der Karte sieht man Malcolm und seine drei Brüder, daneben der Satz: »Es geht immer schlimmer, Bruderherz! Alles Gute zur 40, du Arschloch!« Die Karte sieht nicht neu aus, eher, als würde sie schon eine Weile auf dieser Kommode stehen. Vielleicht entspricht die Jahreszahl seines Pseudonyms tatsächlich der Wahrheit. Die letzten Male ist mir die Karte nicht aufgefallen, aber das hat nichts zu bedeuten, es gibt hier genug Wichtigeres zu entdecken. Und damit meine ich nicht nur den seltsamen Kitsch, der sich an manchen Wänden und in den Ecken des Wohnzimmers befindet (wobei ich zu schätzen weiß, dass TOP1979 nicht in einer minimalistischen, kühlen Wohlstandswohnung lebt, das würde die Stimmung mit Sicherheit schmälern).

Automatisch stellt sich in meinem Körper Ruhe und Entspannung ein. Seltsamerweise habe ich vor TOP1979 nicht das Gefühl, dass ich etwas performen müsste. Ich muss nicht sonderlich interessiert sein, darf es aber. Schweigen ist mit ihm niemals eigenartig. Ich muss nicht lustig sein oder klug. Selbst mein Körper darf hier so aussehen, wie er will. Alle diese Dinge sind es nicht, die eine Verbindung zwischen uns schaffen – irgendwie gelten für uns andere Parameter, die wir über zahlreiche Treffen während der Jahre entwickelt haben.

Mein Handy vibriert. Eine Mail von Mama. Wir schreiben uns hin und wieder, E-Mails sind dafür die ideale Form, eine Mischung aus persönlich und distanziert. Ich hatte nie viel Kontakt mit ihr, aber immerhin etwas mehr als du. Es gab eine Zeit, in der wir öfter E-Mails austauschten und sogar regelmäßig telefonierten. Witzigerweise war das, als ich das halbe Jahr in Amerika war. Irgendwie schien mir das auch logisch, es brauchte die geographische Distanz der Körper, um einen Funken Nähe zuzulassen. Als ich nach dem halben Jahr Schul-Austausch wieder in Österreich war, verebbte der Kontakt. Aber in diesen sechs Monaten, ich war 15 Jahre alt, ein kleiner, dünner Junge im großen New York, da meldete sie sich immer wieder, öfter als du. Du hast dich so gut wie gar nicht gemeldet, als ich in New York war, du warst mit anderen Dingen beschäftigt, du hast noch zu Hause gewohnt, du warst mit dem Vater alleine, nur ihr zwei, ich kann mir das gar nicht vorstellen. Ich habe euch regelmäßig E-Mails geschickt und von meinen Erfahrungen erzählt. Als ich wieder heimkam, fragte Papa sehr viel nach, wie es denn gewesen war, was ich erlebt hatte. Streng fragte er auch, ob denn mein Englisch jetzt perfekt sei, was ich alles gelernt hätte, und so weiter.

Vor wenigen Wochen, da musste ich wieder an Amerika denken, es gab gar keinen Anlass dazu, ich lag auf dem Sofa, die Gedanken und Fantasien zogen wie Wolken vorbei, da kam eine kleine Wolke, unter vielen anderen Themen, die ganz klar USA in den Mittelpunkt stellen wollte. Die Wolke blieb hängen, sie wurde größer, sie vernebelte mein ganzes Gehirn. Ich sah mich als Jugendlichen. Ich war 15, das war eine prägende Zeit für mich, mein damaliges Gehirn war noch wie Butter, alles kerbte sich darin ein. Kein Widerstand, sehr anpassungsfähig, sehr angepasst. Als ich da vor wenigen Wochen rumlag und an die USA dachte, wurde mir bewusst, dass ich euch ziemlich viel von meinen Geschichten erzählt habe, die Geschichten halt, die man Vater und Bruder erzählen kann, ein paar Geheimnisse gab es schon auch. Und dann wurde mir bewusst, dass ich keine Ahnung habe, was ihr dieses halbe Jahr getrieben habt. Keinen blassen Schimmer. Ihr habt mir keine einzige Geschichte erzählt, ich habe auch nicht nachgefragt, es ging um mich, schließlich erlebte ich das Abenteuer, ich war weg gewesen, auf einem fremden Kontinent, Gastfamilie, New York, die Großstadt, die einem so vertraut vorkommt, da wir als Kinder schon FRIENDS gesehen haben und andere amerikanische Serien und Filme. Dann ist man plötzlich in New York und hat das Gefühl, man kennt das schon alles. 15 Jahre später merke ich erst, dass ich kein einziges Mal gefragt habe, wie es euch gegangen war, nur zu zweit, in diesem Haus.

Nun, ich war 15, da ist das erlaubt, da ist man permanent mit sich selbst beschäftigt. Und doch: Jetzt bin ich neugierig und würde gerne fragen: Wie habt ihr funktioniert zusammen? Und vor allem interessiert mich: Habe ich gefehlt? Gab es ein Ungleichgewicht, weil eine Funktion in der Dreier-Konstellation weggefallen ist? Oder – ich traue mich fast nicht zu fragen, davor habe ich tatsächlich noch immer Angst: Wart ihr ausbalancierter ohne mich? War es zu zweit harmonischer, einfacher, zwei Männer? Keine queere Irritation mehr, jetzt können die Männer Männer sein, kein Spiegel mehr, kein Widerstand.

Als ich in New York war, habe ich so gut wie nie an euch gedacht, da war kein genuines Interesse an diesen zwei anderen Menschen, die es da noch gab. Ich fühlte mich als Mittelpunkt der Welt, nun war ich in New York, das förderte dieses Gefühl. Habe ich dir erzählt, dass ich in New York eine Freundin hatte? Also eine feste Freundin. *My girlfriend, exclusively.* Karen. Es dauerte nur drei Wochen, dann machte ich wieder Schluss mit ihr. Aber immerhin: Ich habe ihren Busen berührt, als wir knutschten, unter dem BH. Mehr nicht. Aber damals war ich schon mächtig stolz. Ich war so unglaublich erregt, dass ich dachte, ich könnte gar nicht schwul sein, so irreführend war meine jugendliche Erektion. Dass mich aber damals so gut wie alles erregt hat, gestand ich mir nicht ein, es war nicht der Busen, nicht die Weiblichkeit, nicht Karen, der meine Erektion galt, es war das Verbotene. Das Neue. Das Abenteuer des Tabus erregte mich. Und das Gefühl, dazuzugehören, jetzt Teil der Gruppe zu sein, die schon mal einen Busen berührt hat, dieses Gefühl erregte mich ebenso.

In meiner Klasse gab es auch Jake. Ein schmaler Junge, er sah mir sogar recht ähnlich. Eigentlich war ich in ihn verliebt, es war sehr geheim, nicht einmal ich selbst wusste von diesem Geheimnis. Das mit Karen war ziemlich am Anfang meines Auslandsaufenthalts, ich glaube, ich war gerade eine Woche in der neuen Schule, da waren wir schon ein Paar. Sie fand mich einfach exotisch, einerseits weil ich Ausländer war, andererseits auch wegen meiner femininen oder euphemistisch gesagt: androgynen Art. Das war bei den Mädchen in meiner Schule sehr populär, in Europa kannte man das damals noch kaum. Viele waren neidisch auf Karen, da gerade sie mich bekommen hat, sie wurde gehänselt, ihr wurden Streiche gespielt, wie man sie aus den amerikanischen Highschool-Filmen kennt, die sonntags im Fernsehen laufen

Am zweiten oder dritten Tag unserer »Beziehung« nahm ich Karen mit zu mir nach Hause. Da war kein großer Hintergedanke, wir haben da auch nicht gefummelt, das mit dem Busen war in der Schule, in einem leeren Klassenzimmer. Als mein sogenannter »Gastvater« Dan nach Hause kam, war er überrascht, ja: entsetzt sogar, dass ich ein Mädchen mit nach Hause gebracht hatte. Ich wusste nicht, dass das verboten ist. Beziehungsweise, erlaubt war es ja, Dan war nicht böse auf mich, er hat es nicht verboten, er war nur überrascht, vielleicht sogar ein bisschen hilflos. Dan war nicht mein Vater, nur mein Gastvater, er wusste nicht, wie sehr er über mich bestimmen dufte. In Amerika lässt man die Zimmertüren ohnehin immer geöffnet, das war Dan in diesem Augenblick noch wichtiger als sonst. Und wie in einer klischierten US-Comedy kam er alle fünf Minuten mit Keksen oder Saft in mein Zimmer, bis er irgendwann sagte, wir sollten doch ins Wohnzimmer gehen, da könnten wir fernsehen, wir dürften jetzt fernsehen, so viel wir wollten. Er wollte uns beobachten. Als Karen wenig später ging, führte er ein Gespräch mit mir, unter vier Augen, von Mann zu Mann, wie er sagte: »Let's talk, just us boys!« Er war hilflos, es ging um Sex, Kondome, Christentum, Schwangerschaft, Geschlechtskrankheiten, Würde, Vertrauen, Reue, er zitierte sogar Edith Piaf und meinte, dass dieser Song nur ein verlogenes Klischee sei, man bereue sehr schnell und oft in einem Leben.

Ich hörte zu, nickte, sprach, drückte mich aus, fand Kompromisse, erklärte mich und meine Verhaltensweisen. Am Ende des Gesprächs umarmten wir uns, ich erinnere mich sogar, dass Dan eine heimliche Träne weinte. Ich fand in diesem Moment – und finde das auch heute noch – das Wort »Gastvater« gänzlich absurd. Dan war keine Sekunde lang ein Vater, auch wenn er für eine gewisse Zeit diese Rolle spielen musste. Aber es war doch vor allem das: ein Spiel. Dan spielte Vater, ich spielte Sohn. Ich dachte an unseren Vater und daran, wie er sich wohl verhalten hätte, wenn ich ein Mädchen mit nach Hause genommen hätte. Ich hatte das nie gemacht, deswegen brauchte ich all meine Fantasie, um mir seine Reaktion auszumalen. Mir fiel nichts ein. Ich wusste einfach nicht, wie unser Vater reagiert hätte. Streng? Apathisch? Ich weiß es nicht. Stolz?

In den nächsten Wochen ließ mich jede Begegnung mit Dan nur an unseren Vater denken, mehr und mehr vermisste ich ihn. Wenngleich ich es nicht wagte, ihm das mitzuteilen. Ich wollte keinen »Gastvater« Dan mehr, ich wollte meinen eigenen Vater. Als mich Dan am Ende meines Aufenthalts zum Flughafen brachte, sagte er: »I am so proud of you, boy.« Ich wurde rot, mir war das unglaublich peinlich, diese Worte zu hören. Es fühlte sich für einen Moment an, als würde ich in einem Hollywood-Film leben. Ich war es nicht gewöhnt, zu hören, dass jemand stolz auf mich sei, es war mir vollkommen fremd. Ich habe es nicht ertragen. Und irgendein kleiner Teil in mir, eine kleine Stimme, die ich kaum hören konnte, wünschte sich, diesen Satz öfter zu hören. Egal, ob von meinem Vater oder vielleicht sogar von meinem Bruder. Nein, am besten nicht von diesen beiden. Ich wollte hören, dass jemand stolz auf mich sei, aber nur von fremden Menschen. Von Gelegenheitsbekanntschaften, von Vorbeigehenden, die auf der Straße kurz stehen blieben, mich aufhielten, ansahen und sagten: »Ich bin stolz auf dich«, bevor sie wieder weitergingen und im Getümmel der Stadt verschwanden.

Ich lese nicht einmal den Betreff von Mamas Mail. Ich schalte mein Handy auf lautlos und drehe den Display zur Tischseite.

zwanzig

KONRAD Vielleicht wollte ich dich einfach schützen.

ICH Tu das nicht.

KONRAD Was?

ICH Mich schützen.

KONRAD Okay.

ICH Ich will nicht geschützt werden von dir. Ist das klar? Ab jetzt will ich von jedem Brief und jedem Telefonat erfahren.

KONRAD Ja, ist gut, tut mir leid.

ICH Ich brauche das nicht. Dass ich beschützt werde. Verstehst du mich? Ich brauche das nicht.

KONRAD Ja, ich verstehe dich.

ICH Ich schütze mich schon selbst, ich habe das gar nicht nötig, ich habe bisher immer alles ganz alleine auf die Reihe bekommen, alle großen Entscheidungen der letzten Jahre und Jahrzehnte habe ich immer mit mir alleine verhandelt und getroffen. Man muss mich nicht schützen. Niemand darf sich das Recht herausnehmen, mich – ohne mein Wissen – »schützen« zu wollen!

KONRAD Ja. Hab verstanden. Kommt nicht wieder vor.

Mein lieber Bruder, warum willst du diese Welt so sehr lieben? Weshalb tust du dir das an?

einundzwanzig

TOP1979 hat nicht den größten Penis der Welt, was mich nicht stört, denn er geht sehr gut mit ihm um. Sein Penis ist schön. Überhaupt passen wir beim Sex gut zu einander, wir machen es oft stundenlang. Ich bin noch nie vor Sonnenaufgang nach Hause gegangen, oft noch viel später, meist nachmittags. Sein Gesicht, sein Körper: alles nicht so mein Typ, wenn ich ehrlich bin. Doch die Anziehung wächst durch unser gegenseitiges Berühren und steigert sich dabei ins Unermessliche, und was zuerst wie ein seltsamer Fehler wirkt, wird zur erotischen Notwendigkeit. Er weiß, wo er mich berühren, wie er mich anfassen muss, und ich denke, ich weiß es bei ihm ebenso. Es geht uns beiden nur um das Hier und Jetzt – immer.

ICH Du siehst gut aus.
TOP1979 Danke, du auch.
ICH Du hast abgenommen.
TOP1979 Ja.
ICH Ich habe eher zugenommen.
TOP1979 Sieht man nicht.
ICH Ich habe ja auch noch meine Klamotten an.
TOP1979 Du kannst dich gerne ausziehen.

Wir ziehen uns aus – unerotisch und unsinnlich –, ich lege meine Klamotten auf einen Stuhl und wir setzen uns wieder an den Küchentisch und rauchen noch eine. Ich kann oft drei, vier Zigaretten hintereinander rauchen, eines meiner größten Hobbys. Wir sitzen da und reden über Belangloses, das Wetter, Lieblingsbiere, dann enden die Überschneidungen unserer Lebensrealitäten. Er fragt mich, ob er noch einen Typen einladen darf/soll. Ich habe nichts dagegen und wir zücken beide unsere Handys und suchen nach einem Dritten oder Vierten oder Fünften. Es haben schon ein paar Sexpartys bei TOP1979 stattgefunden, die vollkommene Ekstase, umgeben zu sein von Penissen und Pobacken und dem Duft von Männerschweiß.

Als wir so dasitzen, hängt mein Penis noch klein und schlaff zwischen den Beinen, seiner ebenso. Ich bin gerne nackt, wenngleich das nicht automatisch mit Erotik verbunden sein muss. Manchmal ist es nur Nacktsein als Daseinsform. Dieser Mann ist so freundlich und höflich zu mir, als wären wir beste Freundinnen oder als wäre ich der berüchtigte königliche Kunde, den man galant umgarnen muss. Ich weiß nicht, warum ich überrascht davon bin, schließlich verhält sich TOP1979 jedes Mal so. Doch ich wundere mich darüber, wie liebevoll dieser Mann zu mir sein kann, der überhaupt nicht verliebt in mich ist. Verliebtheit ist eine Kategorie, die zwischen uns gar keinen Stellenwert hat. Es geht nicht um Liebe, wenn wir uns treffen, es geht um das reine Vergnügen – und mehr als das. Die Regeln sind unausgesprochen und dennoch klar.

Wir sitzen einander gegenüber und wissen beide, dass wir die ganze Nacht vögeln werden – »wie die Tiere«, würden manche sagen (wobei es so viele verschiedene Tiere gibt) –, obwohl im jetzigen Moment noch nichts darauf hindeutet. Da sitzen zwei nackte Körper und genießen die bekannte Ruhe vor dem Sturm. Niemand hier hat Stress.

zweiundzwanzig

Es gibt Menschen, die sehen dir nicht in die Augen, wenn sie mit dir sprechen, sondern blicken in sich selbst hinein. Hierzulande reden die Leute auch die ganze Zeit im Konjunktiv: *Wärst du so nett und könntest du mir vielleicht kurz helfen?* Das ist doch erniedrigend. Als ich das erste Mal mehr Zeit mit Menschen aus Norddeutschland verbracht habe, da sind mir die linearen Pfeile aufgefallen, die aus ihnen strömen, ihr Sprechen wirkte so direkt auf mich, dass ich verstanden habe: Man kann Sachen ja so sagen, wie man sie sagen will!

KONRAD Hier. Das sind jetzt Kopien der wichtigsten Dokumente, ich schicke dir spätestens morgen früh auch noch einmal alles per Mail.

ICH Danke. Aber eigentlich wollte ich gar nicht –

KONRAD Habe ich deine Mailadresse?

ICH Ich glaube schon, die ohne Punkt nach dem Vornamen.

KONRAD Gut.

ICH Es geht mir nicht um das Testament an sich, das ist dir schon klar, Konrad?

Meine Fingerspitzen blättern durch die Papiere, als würden sie wissen, was sie da tun. Ich weiß, ich kann das. Ich kann das. Doch manchmal fühle ich mich so wie früher beim Friseur: Ich weiß exakt, welchen Haarschnitt ich möchte, auf den Millimeter genau, komme mit einer Menge Bilder zu dem Friseur, Bilder einer Wunschfrisur, von allen Winkeln fotografiert. Genau so möchte ich es. Und dann sehe ich dabei zu, wie der Friseur die Vorlage nicht versteht und alles ganz anders macht, und wie die eigene Haarpracht gar nicht wirklich verwandt ist mit den mitgebrachten Bildern. Und wenn der Friseur zwischendurch immer wieder nachfragt, ob es passt, und das ist das Entscheidende, lächle ich und sage: *Ja, super! Gefällt mir!* Das ist die Gefahr bei Gesprächen mit dir. Mit der Frisur freundet man sich früher oder später schon noch an, es ist ja auch nur eine Frisur. Man sitzt da und grinst, während an einem hantiert wird, und bringt nicht den Mut auf, eigene Wünsche und Kritik zu äußern. Danach gibt man noch vier Euro Trinkgeld für die Mühe, weil man nicht als Geizhals dastehen möchte. Eine halbe Stunde lang sieht man in einem Spiegel nur dabei zu, wie man langsam seine Souveränität verliert. Du kennst das doch bestimmt, diesen Blick in den Spiegel, den man nur beim Friseur hat, bei dem man das eigene Gesicht wahrnimmt, wie man es sonst nie tut. *Sieht mein Gesicht auch im Alltag so idiotisch aus oder nur beim Friseur? Mein Kopf sieht aus wie ein Ei.* (Mein Fazit nach vielen Jahren: Nirgends sieht mein Gesicht so demontiert aus wie im Spiegel meines Friseurs.)

Warum sind männliche Friseure eigentlich immer schwul? Also sehr wahrscheinlich nicht immer, aber letzten Endes gibt es in der Gesellschaft jedes Dorfes meistens zumindest eine historisch gewachsene Funktion, die der noch unwissende, schwule Dorfjunge für sich beanspruchen kann, da er merkt, dass in diesem Beruf Männer wie er selbst arbeiten. So wird der Stab weitergegeben. Eigentlich aber stellt sich die Frage, warum es eine Auszeichnung ist, wenn der begabte Friseur schwul ist, aber nicht, wenn der – sagen wir –

begabte Steuerberater schwul ist. Warum ist es für den Friseur eine Auszeichnung und beim Steuerberater ein störendes Attribut? Und welches Attribut hat der Balletttänzer?

ICH Du, Konrad.
KONRAD Ja?
ICH Bist du dir sicher, dass das das richtige Testament ist?

Ich hatte nur gedankenverloren geblättert, für mich sehen Dokumente immer gleich aus und ich rufe meine Versicherung an, wenn ich etwas von der Bank brauche.

KONRAD Ziemlich sicher, wieso?
ICH Nur so.
KONRAD Was ist denn?
ICH Da steht nämlich. Dass ich vom Gesamtvermögen 55 Prozent bekommen soll und du 45 Prozent.
KONRAD Zeig mal, das kann nicht stimmen.
ICH Vielleicht verstehe ich es auch nicht, warum sollte Papa mir fünf Prozent mehr geben und dir fünf Prozent weniger?
KONRAD Wo steht das?

In der Therapie habe ich viel über meine Familie gesprochen, insbesondere über den Vater, später vermehrt über dich. Als Kind sah ich einmal in einem Musical einen Schauspieler, der eine Perücke aufhatte, die aus Dreadlocks bestand. Sie sollte für Rebellion stehen. Ab diesem Moment wollte ich auch so eine Frisur tragen, durfte aber nicht, weil ich zu jung war, wahrscheinlich neun oder zehn. Ein Jahr später hast du dir Dreads machen lassen, du warst für unseren Vater anscheinend alt genug. Ich war neidisch: *Das ist doch die Frisur, die ich wollte.* Als wir einmal nachts von irgendeinem Kinobesuch nach Hause fuhren, habe ich mir im Auto ein, zwei Dreads gefilzt. Der Vater sagte nur: »Hör auf, deinen Bruder nachzumachen.« Das fand ich unfair, und gleichzeitig hatte unser Vater unabsichtlich einen wahren Kern getroffen, wollte ich doch auch so cool sein wie du. Als wir auf Sommerurlaub in Graz waren, hast du mich verarscht, weil ich beim Gehen meine Arme so weit schwingen würde. Erneut stürzte mich das in eine große Krise: *Darf ich jetzt nicht einmal mehr meine Arme schwingen? Weiß ich Dummkopf nicht einmal, wie man richtig geht?* Ich habe es mir schnell abgewöhnt und beobachtete meinen großen Bruder genau, wie selbstbewusst er in seinem Körper existierte. Was sollte ich nun mit den Armen machen? Ganz steif und unauthentisch klebten sie von nun an an meinem Körper und schwangen keinen Zentimeter mehr. In dem Alter hörtest du mit dem Ballett auf und fingst an, Billard zu spielen. An deiner Wand hing ein Che-Guevara-Poster, nicht wirklich wissend, wer das war. Es war nur ein klitzekleiner Anflug einer rebellischen Phase, schließlich warst du nach wie vor Klassenbester und Held einer kaputten Familie und in drei wohltätigen Vereinen engagiert. Es war sogar die Zeit, in der du immer mehr Verantwortung für die Familie übernahmst und nächtelang Papa bei seinen Excel-Tabellen geholfen hast. Nur dein Auftreten und deine Dreadlocks ließen einen rebellischen Aufschrei vermuten. Der in Wahrheit nie wirklich stattfand. Vermisst du es, dass du nie Punk warst? Ich meine, geht dir heute etwas ab, eine verlorene Möglichkeit, eine nie erlebte Vergangenheit? Ich pubertierte viel stärker. Eines Abends, als ich siebzehn war, machte ich mir einen Salat zum Abendessen (wir waren für unser Abendessen immer selbst verantwortlich, ein gemeinsames Abendessen gab es bei uns nicht) und es gab kein Olivenöl mehr. Ich hatte einen entfesselten Wutausbruch, nichts funktioniert in diesem Haushalt, nicht einmal Olivenöl gibt es, wenn man es braucht. Niemand verstand so recht, woher meine plötzliche Wut kam, nicht einmal ich. Du hast mich gescholten, vielleicht sogar zu Recht, keine Ahnung, wie undankbar ich sei, ich entgegnete bloß: »Wofür soll ich denn dankbar sein? In dieser kaputten Familie gibt es nicht einmal Olivenöl!« Dann wurde nie wieder über diesen Vorfall gesprochen. Ich aß an diesem Abend keinen Salat mehr und ging ohne Essen ins Bett – mit einem Knoten aus Wut und Traurigkeit im Magen.

Ich wurde traurig und bekam schon früh das Gefühl anerzogen, nicht auszureichen, ein Gefühl, das ich als Naturgesetz aus deinen Reaktionen ableitete. Selbst heute noch, wenn ich vom Supermarkt mit einem für mich verhältnismäßig teuren Käse in der Tasche nach Hause gehe, frage ich mich, ob ich den falschen Käse gekauft habe. Jede kleinste Entscheidung, die ich treffe, steht in einem Verhältnis zu etwas. Mein Therapeut fragte mich, ob du nicht neidisch auf mich hättest sein können. Ich musste lange überlegen, ich selbst war mit Sicherheit neidisch auf diesen coolen Billard-Spieler mit Che-Guevara-Poster, ich wollte, dass meine Arme auch so cool an den Schultern hingen wie bei dir, ohne dafür vor dem Spiegel üben zu müssen. Woher konntest du das? Warum musstest du das niemals lernen?

Als ich begonnen habe, in Clubs zu gehen, als ich in die Großstadt zog, als ich Erfolge hatte, als ich mit den schönsten Männern in Bars rummachte, nie fühlte ich mich cool.

Und nun sollte dieser große Bruder neidisch sein – auf seinen kleinen, effeminierten, uncoolen Bruder?

dreiundzwanzig

Am Ende des Gesprächs verabschieden wir uns mit einer Umarmung, die sehr lange und innig ist, da spüre ich deine Muskeln. Ich schätze dein gesundes Körperverhältnis, du läufst zwar keinen Marathon, du suchst dir Sport als Ausgleich, nicht mehr als Wettbewerb. Du ernährst dich gesund, isst aber auch Pizza, du formst deinen Körper und/oder dein Körper formt dich. Als ich 14 Jahre alt war, wurde ich magersüchtig. Hast du das damals eigentlich bemerkt? Wahrscheinlich nicht, ich habe mir alle Mühe gegeben, das zu verbergen. Viele meiner Freund:innen hatten zu dieser Zeit eine Essstörung, wobei es in Wahrheit keine Freund:innen waren, sondern eher Freundinnen. In meinem Englisch-Schulbuch fand ich einen Artikel zu Magersucht, den wir im Unterricht nicht durchnahmen, den ich jedoch für mich selbst las. In diesem Artikel stand doch tatsächlich, dass vor allem Frauen von Magersucht betroffen seien – sowie schwule Männer. Das machte mich wütend, ich bin magersüchtig, aber ich bin doch gar nicht schwul, das ist pauschalisierend und schlichtweg falsch.

Erst mit 18 begann ich wieder »normal« zu essen, ich zog nach Wien und wohnte eineinhalb Jahre mit dir zusammen, bevor du dir mit Karin eine Wohnung nahmst, in der die Gewalt der weißen Möbel begann. Ihr wärt nun so weit, diesen Schritt zu wagen, hieß es. Diese diffuse Zeit in einer gemeinsamen Wohnung – um ehrlich zu sein, kann ich mich kaum daran erinnern, aber wenn ich darüber nachdenke, fange ich tatsächlich an zu lachen. Wir zwei als Erwachsene in einer Wohnung? Völlig absurd!

Es war auch in dieser Zeit, als ich mir eine Karte für McFit zulegte, wo ich zuerst drei Mal die Woche zu Gange war, später fünf bis sieben Mal – neben dem Ballettunterricht, der auch täglich stattfand. Ich wollte Muskeln aufbauen. Ich fühlte mich geheilt von meiner Magersucht, empfand meine Selbstwahrnehmung als ein gesundes Körpergefühl, verlor mich jedoch in einer neuen gestörten Verhaltensweise. Das Tanzen wurde durch das Trainieren nicht unbedingt besser, vielleicht sogar teilweise schlechter, mein Körper wurde härter und verlor seine Fragilität, durch das regelmäßige Essen und das zusätzliche Training explodierten die Muskeln an meinem Körper. Ich kannte mich mit den Geräten aus, wurde dort oft gesehen, ich war Teil einer neuen Gemeinschaft, die, motiviert von den Propagandasprüchen an den Wänden, ihre Körper formte. Ich begann eine neue Männlichkeit zu spüren, fühlte mich als Teil dieser elitären Gruppe, auch wenn mich die anderen Mitglieder vielleicht nicht als solchen betrachteten, das spielte keine Rolle. Es ging mir nicht um Anerkennung oder Zugehörigkeit in diesem Moment. Es ging mir um etwas, das ich *Normalität* nannte. Zu dieser Zeit begann ich viel Sex zu haben, doch meist waren es nur trainierte, schlanke, junge Männer. Ich hatte keine Toleranz für das andere, auch Tunten lehnte ich ab. Ich bin einen weiten Weg gegangen. TOP1979 ist auch nicht mehr der Jüngste, sogar im Vergleich zu mir (der ich auch nicht mehr der Jüngste bin), und hatte schon bei unserem Kennenlernen vor ein paar Jahren einen Bierbauch. Die Männer bei McFit waren richtige Männer. Für die war Sport kein Hobby, sondern eine Lebensweise, der Körper das Maß aller Dinge – der Schweiß zählte mehr als das Gehirn. Diese Männer waren stark, hatten Selbstbewusstsein, sie waren zwei Meter groß, sie weinten nicht, lachten auch kaum, sie verzogen keine Miene, sie nahmen sich Raum, sie hatten keine Unsicherheiten, sie hatten Freundinnen, Familien, riesige Schwänze. Doch der Schwanz zwischen den Beinen allein reichte nicht, der musste auch erigiert sein, der musste penetrieren und befriedigt werden (nicht unbedingt befriedigen) und gebraucht für heterosexuellen Heterosex. Unser Vater war niemals einer von diesen Männern, ich und du auch nicht.

Ich gehe, setze einen Fuß vor den anderen, ich bin Balletttänzer, ich kann das, wieder ein Schritt, wieder ein Schritt, immer weiter so, dazu singe ich leise Hildegard Knef. Eigentlich wollte ich mit einem Taxi oder Uber nach Hause fahren, es ist zu Fuß doch ein Stück, aber mein Handy-Akku ist leer und zufällig fährt um halb zwei nachmittags kein Taxi vorbei. Ich muss gehen, einen Schritt nach dem anderen. Ich hätte mein Handy bei TOP1979 aufladen können, ich habe es vergessen, und nun Schritt für Schritt, Fuß für Fuß.

Ich schwanke, schlendere, gehe Kurven, bin selbstbewusst. Es wird wohl eine Stunde dauern, ein Spaziergang von einer Stunde, das muss ich jetzt wohl machen, das mache ich jetzt. Mein Anus tut weh, ich gehe trotzdem, ich spüre nicht hin. Selbstbewusst. Da ist auch Selbstwert. Du kennst diese Worte, die mit »Selbst« beginnen, eines davon, oder auch mehrere, treffen auf mich zu, wenn ich so gehe. Ich habe keinen Akku mehr in meinem Handy, aber als ich die Wohnung von TOP1979 verlassen habe, war es Viertel nach eins, die Mittagssonne prallt auf meine Stirn, jetzt muss es wohl halb zwei sein, dieser Tag ist ewig, er dauert schon so lange, der neue Tag hat nicht um Mitternacht begonnen, das finde ich spießig. Der neue Tag wird mit dem Aufwachen beginnen. Obwohl ich im Moment noch sehr unsicher bin, ob ich überhaupt schlafen gehe oder einfach den Schlaf auslasse, einen ganzen Kalendertag auslasse, eine Entscheidung, die getroffen werden muss, keine Ahnung, eigentlich ist es egal. Ich bin es gewohnt, Entscheidungen für mich zu treffen.

Ich war nie verheiratet, ich hatte nicht einmal einen ernsthaften Partner, der länger als zwei Jahre in meinem Leben blieb, auch ohne Ehe, der eine Entscheidung hätte treffen können: »Im Sommer fahren wir in den Urlaub und zwar nach –« und dann hätte er Italien oder Griechenland oder Island gesagt, oder wir bleiben einfach in Österreich, da kann man auch so gut Urlaub machen, es muss nicht immer so weit weg sein, wir könnten sogar einfach in Wien bleiben, hätte dieser fiktive Boyfriend gesagt, wir nehmen uns ein Hotel, wir dürfen auf keinen Fall in unseren Wohnungen bleiben, ein Hotel in Wien, und dann machen wir all den Tourismus-Kram in Wien, den man machen kann, wir wohnen schon so lange in Wien, wir kennen unsere Ecken, aber wir waren noch nie im Sisi-Museum, wir machen all das, was die Touristen machen, wofür wir nie Zeit haben. Auch das ist möglich, das entscheidet der fiktive Boyfriend, er sagt, wir machen jetzt Urlaub, und ich muss reagieren, ich muss mich verhalten, »Ja« sagen, mich an der Hand nehmen lassen, mich umarmen lassen, mich vielleicht auch ärgern, dass ich die Entscheidung nicht selbst treffen konnte, mich insgeheim freuen, dass jemand die Verantwortung für diese gefährliche Freizeit übernommen hat.

Das sind nur Fantasien. Das ist mir nie passiert. Vielleicht wird es mir auch nie passieren. Ich treffe alle Entscheidungen für mich selbst. Das hat schon in meiner Jugend begonnen, ich habe es gelernt, ich traf Entscheidungen sehr früh.

Versteh mich nicht falsch, Konrad, ich liebe es, Entscheidungen zu treffen, tausende Entscheidungen pro Tag, klitzekleine Entscheidungen, das macht mir nichts, ich liebe es. Und dann gibt es dieses eine Prozent meines Wesens, das gerne für einen Tag jegliche Verantwortung abgeben möchte, das sich jemanden wünscht, der sagt, heute machst du das, ziehst das an, und so weiter. Irgendwann entwickle ich eine App wie Mutti-für-einen-Tag oder so ähnlich. Und dann übernehmen Menschen, die man buchen kann, einen Tag lang alle deine Entscheidungen und handeln vernünftig in deinem Sinne. Und man selbst führt das dann einfach aus. Nur für einen Tag, dann ist man für drei Monate gesperrt. Aber ein Tag ab und zu wäre doch schön, oder? An dem ich einmal nicht jede einzelne Entscheidung meines Lebens selbst treffen muss. Die großen sind dabei gar nicht das Problem, doch immer mehr verstehe ich, dass es gar nicht die großen Lebensentscheidungen sind, die unser Leben wesentlich formen – es sind die Milliarden klitzekleinen, vermeintlich unwichtigen Entscheidungen, die schließlich ausmachen, was für ein Leben wir leben.

vierundzwanzig

Ich erinnere mich an die Zeit, als der Onkel starb. Ich war schon fünfzehn, es war Sommer und ich war so gut wie nie zu Hause. Entweder ich tanzte und trainierte oder ich suchte vergeblich nach einer neuen Familie, denn mir war klar: Da ist eine Vakanz. Unser Onkel war einer der klügsten Männer innerhalb meines Erlebnishorizonts, genauso gescheit wie sein Bruder, unser Vater. Irgendwann während meines Besuchs:

KONRAD Du bist schon ein besonderer Mensch.
ICH Sag doch nicht so etwas.
KONRAD Manchmal sehe ich unseren Onkel in dir.
ICH Na, toll. Also das darfst du aber wirklich nicht sagen.
KONRAD Nein, ich meine seine Nachdenklichkeit. Entschuldige. Manchmal hast du die auch.

Der Onkel hatte jedes erdenkliche Buch gelesen, man musste nur einen Titel sagen und er konnte ein spontanes Referat darüber halten. Beide hatten eine schwere Kindheit gehabt, unser Vater, der trotz aller Mühe dem traditionellen Bild nicht entsprechen konnte, wurde von seinen Eltern, vor allem von seiner Mutter, wegen seiner Eigenheiten, die in ihrer Vorstellung nicht zu seinem Geschlecht passten, mit Liebesentzug bestraft, während der Onkel *als männlicher Mann mit männlicher Männerstatur* die schwierige Rolle des Lieblingskindes und Thronerben spielen musste. In welche Richtung sich das vermeintliche Geschlecht auch immer ausprägen möchte, die Nachteile überwiegen stets die Vorteile.

Der Onkel hat nie wirklich gearbeitet, er lebte vom Erbe und von dem Geld, das ihm unser Vater monatlich schickte. Er lebte in einer kleinen Wohnung ein paar Dörfer weiter. Wir sahen ihn nicht oft, aber im Sommer kam er uns häufig besuchen, denn er liebte es, zu schwimmen, und da wir ein Schwimmbad hatten, sahen wir ihn während der warmen Monate öfter. In diesem Sommer, als ich fünfzehn war, kam er kein einziges Mal zu uns. Er war kaum zu erreichen, antwortete am Telefon nur einsilbig, meistens ging er gar nicht ran. Du, Konrad, hast immer einen Sinn dafür, wenn etwas nicht stimmt, das macht dich vielleicht zu dem erfolgreichen Juristen, der du heute bist. (Bist du ein erfolgreicher Jurist? Ich kenne die Parameter des Erfolgs in eurer Branche nicht. Aber für mich wirkst du wie ein erfolgreicher Jurist, stimmt das?)

Ich weiß nicht mehr allzu viel von dem, was in jenen Sommertagen passiert ist, ich war ja kaum zu Hause, aber eines Nachmittags habt ihr entschieden, zum Onkel zu fahren, da sich Papa Sorgen machte und du dabei nicht zusehen konntest. Über Dinge zu reden, war schon damals nicht dein Weg, für dich zählte immer nur das Tun. Während der Vater gerne wartete. Du hast entschieden, mit ihm zur Wohnung des Onkels zu fahren. Du brauchtest aktives Handeln.

Niemand öffnete. Aus einem Gefühl des Unbehagens hast du, der du zu diesem Zeitpunkt achtzehn Jahre alt warst, beschlossen, die Wohnung aufzubrechen. Als die Tür offenstand, muss sich ein grauenvoller Zustand offenbart haben, begleitet von einem fürchterlichen Geruch. Dass unser Onkel ein Messie war, war kein Geheimnis, dem Vater war es aber immer wichtig hinzuzufügen, dass er in seinem Messietum eine strenge Ordnung verfolgte. Heute würde man ihn einen »Hoarder« nennen, wir kannten das Wort damals nicht.

Überall dürften stapelweise Zeitungen gelegen haben – nach Datum sortiert. Du weißt das alles viel besser, ich habe nur die plastischen Fantasien, die auf euren Erzählungen beruhen. Überall Kisten mit Kram, den er nicht wegwerfen konnte. Versteckt zwischen den Zeitungen kostbare Erbstücke. Joghurtbecher gestapelt bis zur Decke, aber: feinsäuberlich ausgewaschen. Und in diesem strukturierten Chaos unser Onkel, kauernd neben der Heizung, dünn, hässlich. Er war nackt. Ich habe dieses Bild nie gesehen, ich weiß nur aus Andeutungen, größtenteils deinen, ein paar Kleinigkeiten hat auch der Vater preisgegeben, dass man wohl in seinen offenen Brustkorb hineinsehen konnte. Wie war das? Was hast du da gesehen? Warum hast du mir nie detailliert davon erzählt, wolltest du mich schützen? Oder mich ausgrenzen? Seine Brust hatte ein Loch, so hast du es jedenfalls gesagt, mit den euphemistischen Worten, die du mir gegenüber verwendet hast, in der wenigen Zeit, die ich dafür überhaupt zur Verfügung stand. Ich kann mir noch immer nicht genau vorstellen, wie das ausgesehen haben muss.

Es war der Krebs, der sich durch alles durchgefressen hatte. In seiner Brust weiße Maden, die am Körper entlang krabbelten. Überall lagen Tücher, mit Eiter und Blut getränkt. Die letzten Wochen seines Lebens hatte sich der Onkel nur von Milch und Brot ernährt, das ihm an die Haustür gebracht wurde. Wenige Wochen später starb er in einem Hospiz, und unser Vater versuchte alles Mögliche, ihn in einen würdevollen Tod zu begleiten, wie auch immer er diese Kraft plötzlich aufbrachte. Woher kam dieses Talent auf einmal?

In den nächsten Tagen räumten du und unser Vater die Wohnung aus. »Dieser Gestank wird niemals verschwinden, egal wie oft wir die Wohnung streichen«, sagte der Vater. Ich hatte meine Hilfe nie angeboten, aber dass ich nicht gefragt wurde, hat mich gekränkt. Ich weiß nicht, ob ihr mich beschützen wolltet oder mich aufgegeben hattet. Aber du hattest ohnehin alles unter Kontrolle. Wie immer. In wenigen Tagen war die Wohnung ausgeräumt und mehrmals gestrichen und mit Ozon gereinigt.

Ich war bei Menschen, die ich damals als Freund:innen bezeichnete, als der Anruf kam, dass er tot war. Ich hatte wenige Gefühle dazu, wenngleich ich den Tränen nahe gewesen war, als ich mich einige Tage zuvor von ihm verabschiedet hatte. Ich sah ihn im Hospiz ein letztes Mal auf seinem Bett liegen und wollte nicht weinen, aber eines war mir in dem Moment klar: Mein Vater wird der Nächste sein. Dass es so lange dauern würde, bis unser Vater »der Nächste« werden würde, hätte ich nicht gedacht.

Es gibt eine weitverbreitete Scham, die das Kranksein auslösen und die einen dazu bringen kann, keine ärztliche Hilfe zu suchen. Diese Scham empfinden vor allem Frauen, habe ich gelesen. Aber auch Männer kennen diesen Stolz, der ihnen keine Schwäche erlaubt. Bei Frauen ist es weniger der Stolz, denke ich, als das Unbehagen, »zuviel« Aufmerksamkeit in Anspruch zu nehmen. Zumindest bei früheren Generationen.

Brustkrebs tritt bei Männern relativ selten auf, daher wird er auch selten und spät erkannt. Der Onkel dachte, das Mammakarzinom hätten »nur Frauen«. Es war nicht nur die Scham über die Krankheit, es war noch dazu die falsche Krankheit. Die beschämende Krankheit, nicht die heldenhafte.

Von einhundert Patient:innen mit Mammakarzinom ist einer ein Mann. Entschuldige an dieser Stelle wieder meine inflationäre These, aber es könnte auch sein, dass unser Onkel ein verkappter Schwuler war, wenn schon nicht unser Vater. Vielleicht sogar eher der männliche Männer-Onkel, der Holz hackte und Bart trug, der nie verheiratet war, der überhaupt nie länger als ein paar Wochen eine Partnerin hatte oder, wie er sagte: *brauchte*. Ob schwul oder nicht, in Wahrheit spielt die vermeintliche (Homo-)Sexualität der Männer unserer Familie keine große Rolle, eine andere Sexualität hätte bei ihnen vermutlich zu dem gleichen Ende geführt, für den Onkel hieß das: der Brustkrebs als Entmannung. Die »Weiberkrankheit« hat ihm den Schwanz abgeschnitten. Das hat er so zwar nie gesagt, aber ich höre diese Worte mit seiner Stimme. Er schämte sich, diese Krankheit bekommen zu haben, und dachte mit Sicherheit, dass er selbst Schuld daran hätte. Eine schicksalhafte Strafe für irgendetwas, ein Plan, der sich für ihn nicht entschlüsseln ließ.

Da saß er mit offenem Brustkorb. Weiße Maden in dem Loch seines Körpers. Er hatte mit seinem Leben abgeschlossen, eigentlich schon vor langer Zeit. Und dennoch würde ich wetten, dass er heimlich noch immer hoffte, dass alles wieder gut werden und er jeden Moment aufwachen würde.

fünfundzwanzig

Wenige Wochen nach dem Tod des Onkels, es war am Ende des Sommers, gab es endlich den langersehnten Streit mit dir, der sich über Wochen angestaut hatte. Ich erinnere mich an jedes Wort. Ich war damals mit vermeintlich guten Freund:innen in der Stadt und plötzlich kam ein starkes Unwetter auf, sodass ich mit meinem Moped nicht mehr nach Hause fahren konnte. Ich rief dich an, wie ich das immer in solchen Situationen machte. Mein Bruder-Notruf. Zwanzig Minuten später standest du mit dem Auto vor mir, um mich nach Hause zu bringen. Zuerst schwiegen wir während der Fahrt, doch dann fingst du an zu sprechen.

KONRAD Der Sturm wurde in den Nachrichten angesagt, du hättest das wissen können.
ICH Ja, es tut mir leid, es war dumm von mir.
KONRAD Außerdem bist du nie zu Hause, man bekommt dich kaum noch zu Gesicht.
ICH Ich trainiere viel.
KONRAD Du triffst deine Freunde.
ICH Das auch.
KONRAD Freunde ersetzen keine Familie, merk dir das.
ICH Familie? Welche Familie denn?
KONRAD Unsere Familie.
ICH Sehr witzig, Konrad. Was wollt ihr denn von mir? Wir hatten nie Abende als *Familie*, an denen wir – keine Ahnung – gemeinsam Brettspiele gespielt oder zusammen einen Film angesehen hätten. Wir hatten noch nicht einmal ein gemeinsames Abendessen. Und um ehrlich zu sein, das ist okay für mich. Ich

brauche solche Abende nicht mehr, ich habe mir neue Menschen gefunden.

KONRAD Das habe ich bemerkt, aber du kannst dein Zuhause nicht wie eine Autobahn-Raststation behandeln.

ICH Was soll ich denn zu Hause machen? Vermisst ihr mich denn wirklich? Wofür denn? Oder gehört das nur zum Bild der richtigen Familie? Denn wir sind keine richtige Familie, wir sind überhaupt kaum eine Familie.

KONRAD Darum geht es nicht.

ICH Doch, finde ich schon. Konrad, du bist ein Perfektionist. Das musst du dir eingestehen. Du willst immer alles zu einhundertzehn Prozent. Keine Kompromisse. Du bist verwöhnt vom Erfolg, seitdem du ein kleines Kind warst. Egal, ob als Künstler oder Sportler und bestimmt auch bald als Jurist. Du kannst immer alles und immer alles perfekt. Und jetzt musst du dir langsam eingestehen, dass unsere Familie nicht perfekt ist. Ganz und gar nicht. Das passt nicht in dein Weltbild. Ich habe das längst begriffen. Und es belastet mich nicht mehr. Macht mich sogar freier. Nur: Ich bitte dich, wende deine hochtrabenden Maßstäbe nicht an mir an, ja? Ich bin gerne fehlerhaft.

Du warst meistens derjenige mit den schnellsten Gedankenvernetzungen in der Familie, du lerntest furchtbar rasch und deine Synapsen bauten Brücken in einer Geschwindigkeit, mit der die meisten Menschen nicht mithalten konnten. Doch in diesem Moment verstandest du nicht, was ich sagte, so sehr sich deine Synapsen auch bemühten.

KONRAD Irgendwann wirst du noch verstehen, dass Trotz gegen die Familie nicht die Arbeit an den Beziehungen ersetzen kann.

Jahre später haben wir darüber gesprochen, dass du gedanklich einfach nicht fassen konntest, was ich sagte – erinnerst du dich daran? *Keine Familie?* Ich sagte das zu dem Menschen, der *alles* versuchte und sich verausgabte, um diese Familie aufrechtzuerhalten. Der den Vater bei jeder Entscheidung unterstützte, ihm seine Aussetzer verzieh, weil du wusstest, woher sie kamen. Der noch vor wenigen Wochen den Onkel ins Hospiz gebracht hatte. Und diese Familie sollte keine Familie sein? Natürlich konntest du das nicht verstehen (egal, wie klug du warst, egal, wie abstrakt du mit deinem genialen Gehirn denken konntest).

Unser Vater hatte später dann auch noch seinen glänzenden Auftritt in diesem Stück, als er die Passwörter für die in den Zeitungen versteckten Sparbücher des Onkels erriet. Der Vater durfte beim Einlösen der Sparbücher in der Bank drei Mal raten, es war der dritte Versuch, der glückte. Wie auch immer die Beziehung der beiden Brüder jener Generation vor uns war, es war trotz allem eine Beziehung: Das Passwort der Sparbücher unseres Onkels war der Vorname seines Bruders, unseres Vaters. Der Vater vermutete es gleich, doch aus Bescheidenheit wagte er es erst als dritten und letzten Versuch, um am Bankschalter Zugriff auf das Geld zu erhalten. Es war riskant, hätte es doch auch sein gebräuchlicherer Rufname *Fritz* sein können. An klarer Form und primitiver Ordnung interessiert, verwendete der Onkel jedoch den Taufnamen und das ahnte der Vater: Friedrich. Plötzlich bekam unsere Familie wieder Geld, das sie eigentlich nicht brauchte, weil sie ohnehin schon mit finanziellen Mitteln gesegnet war.

Ich weiß nicht, ob man aus dem Streit im Auto auf deine Fürsorge schließen kann – oder eher auf dein konservatives Familienbild. Oder auf beides.

KONRAD Willst du noch einen?

ICH Ja, gerne. Danke.

KONRAD Wieder verlängert?

ICH Gerne.

KONRAD Wie findest du die Sorte? Haben wir neu ausprobiert.

ICH Ja, schmeckt gut. Fruchtig.

KONRAD Wir haben auch noch irgendwo ein paar Kekse, diese Orangen-Schokolade-Teile, wo hat Karin die schon wieder versteckt?

ICH Ich brauche keine Kekse, danke.

KONRAD Ich bin jetzt aber neugierig, wo die Kekse sind. Im Süßigkeitenfach, wo sie eigentlich hingehören, sind sie nämlich nicht.

ICH Ich brauche keine Kekse. Danke, Konrad.

KONRAD Hab sie! Hier, bitte.

ICH Danke.

KONRAD Weißt du, wo sie waren?

ICH Nein.

KONRAD In der Lade für Zwiebel und Kartoffeln.

ICH Da waren die Kekse wenigstens in guter Gesellschaft.

KONRAD Manchmal frage ich mich wirklich, wo Karin mit ihren Gedanken ist, wenn sie solche Dinge macht. Aber nein – genau dafür liebe ich sie ja.

ICH Konrad –

KONRAD Tut mir leid wegen vorhin. Wenn ich im ersten Moment unelegant reagiert habe.

ICH Ich kann deine Reaktion verstehen.

KONRAD Er wollte dir vielleicht einfach mehr Sicherheit in einem unsicheren Beruf geben.

ICH Ich finde das auf eine Art sehr erniedrigend. Selbst wenn er tot ist, schafft er es noch, mich zu verletzen.

KONRAD Weil er dich und deinen Beruf fördert?

ICH Weil ich dadurch verstehe, dass er mir nicht vertraut und dass er denkt, dass ich es alleine niemals schaffen würde.

KONRAD Glaub mir, das dachte er nicht.

ICH Ich weiß, ich weiß.

KONRAD Aber es wirkt so auf dich. Ich verstehe schon.

ICH Konrad, ich will wegen Papa nicht mit dir streiten.

KONRAD Ich auch nicht mit dir. Ich würde einfach nur gerne wissen, warum sich der Vater so seltsam entschieden hat. Er muss sich doch etwas überlegt haben dabei. Was waren seine Gedankengänge und warum lächerliche fünf Prozent? Was ging in seinem Kopf vor?

sechsundzwanzig

Es ist eigenartig, in unserer Kindheit und Jugend haben wir nie gesagt, dass wir einander lieben – und auch jetzt bedeutet dieses Zugeständnis mehr als in anderen Familien. Denn in anderen Familien machen Geschwister das üblicherweise, oder? Nicht, dass wir uns nicht liebten oder uns weigerten, diese Sätze auszusprechen. Es gab bloß keine Notwendigkeit, es zu tun. Nur Scham und Angst, die uns hemmten.

Es ist an sich schon nicht leicht, diese Worte an einen Mann zu richten, als Bruder an einen Bruder. Warum eigentlich? Auf Englisch fällt mir das leichter, da kann man große Worte viel einfacher wegsprechen. Das Deutsche hat so ein Pathos, als wäre ich Johann Wolfgang von Goethe höchstpersönlich, der ein blumiges Liebesgedicht verfasst hat. Große Worte fühlen sich immer an wie ein auswendig gelerntes Zitat. Als wäre man die unverwechselbare Synchronstimme von Leonardo DiCaprio, die diesen Satz sagt – voller Gefühl, voller Pathos, aber nur für das Fernsehen und ohne Körper. Für Lippen, die einem nicht selbst gehören. Und doch: Wenn *du*, mein Bruder, diese Worte sagst, klingen sie für mich relativ *authentisch* – ein von mir selten verwendetes Wort, das im Ballett verboten ist: Authentizität. Ich weiß nicht warum, aber man darf nicht sagen, dass eine Choreographie oder eine Bewegung oder ein Blick authentisch seien, wenngleich sie wahrhaftig wirken. Vielleicht, weil einfach nichts authentisch ist im Ballett. Es wäre eine Lüge. Die Bewegungen sind bloß Kunst, etwas Künstliches. Wenn ich dir sage, dass ich dich liebe, dann fühlt sich das an, als würde ich eine gelernte Choreographie tanzen. Ich bin mit der Choreographie nicht ganz einverstanden, tanze den Tanz trotzdem sehr gerne. Das kommt vor.

Für mich gibt es nichts Erotischeres als Ballett – selbst echter Sex kommt nur in die Nähe dieser Erotik. In dem anachronistischen, festgezurrten, steifen Korsett einer strikten Choreographie ohne Spielraum, wo es tatsächlich ein *richtig* und *falsch* gibt, wieder Freiheit zu finden, das ist höchst erregend. Zumindest für mich. Ich bin nicht gut darin, mir selbst Tänze einfallen zu lassen, ich brauche die Führung von außen. Doch innerhalb dieser Führung meine Eigenheiten zu spüren, das ist wahre Freiheit oder etwas, das sich danach anfühlt. Ich habe dir bei unserem Treffen erzählt: Ich probe derzeit ein neues Stück, das den einfachen Titel MÄNNER trägt. Wir sind neun Männer auf der Bühne, der Regisseur ist ein Mann, die Ausstatterin und die Assistentin sind Frauen. Wir sind also die meiste Zeit zehn Männer, wenngleich davon sechs – also mehr als die Hälfte – schwul, bi oder queer sind. Es ist angenehm, wenn das queere Leben nicht mehr in der Minderheit ist, wie in der »echten« Welt, sondern in der Mehrheit. Die vier heterosexuellen Tänzer, die sind: heterosexuell. Sie bilden in unserer kleinen Parallelwelt die Minderheit, wenn auch nur sehr knapp. Es ist ein Klischee, dass alle Balletttänzer schwul sind, in meiner Ausbildung waren so gut wie alle unverrückbar heterosexuell. Und heterosexuelle Balletttänzer können die heterosexuellsten Männer überhaupt sein: Ihre Gestik hat auf der Bühne zwar die Weichheit eines Prinzen, in der Garderobe aber nehmen sie die Posen des heterosexuellen Mannes ein, nackt über Beliebiges plaudernd, stolz den Penis herausstreckend. Balletttänzer unterscheiden sich in der Garderobe kaum von irgendwelchen Fußballspielern. Tänzerinnen abzuschleppen versteht sich von selbst.

Ich hatte auch bessere Angebote, doch ich habe mich für MÄNNER entschieden, weil ich hier in Spitzenschuhen tanzen darf. Das war der ausschlaggebende Grund für meine Zusage. Im klassischen Ballett steht die Frau im Vordergrund, der Mann dient ihr, hebt sie, die Frau muss mühelos fliegen können – wenngleich es schwerste Arbeit ist, darf es nie nach Arbeit aussehen. In unserem Stück gibt es keine Frauen, weder im klassischen noch im biologischen Sinne, wir Männer sind die Protagonisten (und Protagonistinnen) der Aufführung.

Als kleiner Junge war ich auch stets in die älteren Ballerinen verliebt. Ich habe mir immer wieder ausgerechnet, dass ich in zehn Jahren eine Beziehung mit einer von ihnen führen könnte, denn: Eine Beziehung zwischen einem Achtjährigen und einer Achtzehnjährigen wäre eigenartig, aber wären wir erst 18 und 28, dann ginge sich das endlich aus. Abwarten war meine Devise, nicht wissend, dass mich später die Tänzerinnen nicht mehr interessieren würden – zumindest nicht auf sexuelle oder romantische Art und Weise.

Woran ich mich sehr gut erinnere, ist der Moment, als ich mein erstes Suspensorium bekam. Eine Unterhose, die wir ab diesem Zeitpunkt im Unterricht tragen mussten. Sie flößte mir Angst ein. Alles flößte mir damals Angst ein, doch diese Unterhose am meisten. Der Penis und den Hodensack gut geschützt, fast durch eine Schale, in der das Geschlechtsteil in Sicherheit ruhen darf, befindet sich bei vielen *Susis* (wie meine Kollegen die Suspensorien nennen) im hinteren Teil nur eine dünne Schnur, die durch die Pofalte geht – wie bei einem Stringtanga. Ich erinnere mich, als ich das erste Mal diese Schnur in meinem Arsch fühlte und nur dachte: *Ich will keine schwule Susi, ich will tanzen, aber ich bin nicht schwul, niemals, ich mag Brüste.*

Du fragtest mich, ob ich es derzeit schwer in der Arbeit habe, eine gemeine Suggestivfrage, an der ich nicht interessiert bin. Ich habe keine Lust, ehrlich zu antworten. Die ehrliche Antwort würde länger ausfallen, dabei ist es offensichtlich, dass die Frage keine lange Antwort provozieren möchte: Ich liebe die Choreographie sehr, wenngleich ich Probleme mit dem Choreographen Gustav habe. Ein schwules Macho-Arschloch mit genialen Ideen. Schwul und Macho schließen sich nicht aus, keinesfalls, manchmal bedingt es sich sogar. Würde ich dir erklären, weil du das vielleicht nicht gelernt hast. Im Ballett gibt es so viele Machos, vielleicht hat das auch mit den veralteten Strukturen zu tun, mit dem Genie-Kult rund um den Choreographen, während die Tänzer:innen nur Ausführende seiner genialen Idee sind. Wie Marionetten. Gustav reproduziert genau dieses veraltete System, er sieht sich selbst als den genialen Kopf an der Spitze der Nahrungskette. Ich muss zugeben, dass ich selten so eine gute Choreographie getanzt habe wie die von Gustav, das verwirrt mich und beherrscht seit einigen Tagen mein Denken. Ich habe kein Problem mit Autoritäten, auch wenn dies so klingen mag, ich gebe mich gerne einer Führung hin – vor allem beim Sex. Gustav hat all diese Eigenschaften eines heterosexuellen Mannes, die mich an dir so stören: Wenn er spricht, ist es still im Raum, niemand wagt es, ihn zu unterbrechen, aus seinem Mund kommen nur Wahrheiten, nur Dogmen. Keine Fragen. Es entsteht ein Paradox: Ich tanze die sinnlichste Choreographie, die ich je tanzte, während Gustav der unsinnlichste Mensch ist, den ich kenne. Aber es ist doch die Sinnlichkeit, die die Erotik beim Ballett ausmacht. In der Mitte des Stücks gibt es einen kurzen *Pas de deux* von Henri und mir. Henri ist einer der heterosexuellen Tänzer und ich fühle mich kein bisschen zu ihm hingezogen. Als junger Mann habe ich mich oft in Heteros verliebt, vielleicht auch als Selbstbestrafung, ich habe mich absichtlich in Männer verliebt, die ich offensichtlich nicht haben konnte. Du kennst die Geschichten, ich möchte nicht ausholen. Dann habe ich in der Therapie über meinen Vater und später auch dich gesprochen und plötzlich war es weg: Ich werde mich nie wieder in einen heterosexuellen Mann verlieben. Eben auch nicht in Henri, mit dem ich gestern meinen *Pas de deux* probte. Es war eine wundervolle Probe, ich habe mich total in den Tanz geworfen und plötzlich passierte mir etwas, das mir in meiner ganzen Ballettkarriere noch nie passiert ist. Ich bekam eine Erektion. Nicht nur einen halbmotivierten Ständer, den man unkommentiert hinnehmen könnte. Sondern eine richtig dicke, fette Erektion, die selbst durch die harte Schale meines Suspensoriums sichtbar war. Alle merkten es, es war wie in einem Albtraum. Henri lächelte und sagte: »Kein Problem, ist mir auch schon mal passiert.« Gustav lachte laut und konnte sich nicht mehr einkriegen. Obwohl meine Latte schnell wieder verschwand, mussten wir eine Pause einlegen, da Gustav nicht zu lachen aufhören konnte. Es folgten dumme Sprüche von Gustav: »Lange nicht mehr gefickt worden, was?« Das Wort: *ficken*. Warum kann es nicht schöner klingen?

Mir war die ganze Sache sehr unangenehm. Oft bin ich so schlagfertig, aber in diesem Moment fiel mir nichts ein, was ich Gustav entgegnen hätte können. Jetzt könnte ich sagen: »Du bist ja nur neidisch, weil du deine letzte Erektion 1998 hattest.« Vielleicht gut, dass mir das in dem Moment nicht eingefallen ist. Ältere schwule Männer reagieren oft sehr sensibel auf ihr Alter, ich glaube: Männer reagieren generell sehr sensibel auf ihr Alter. Nachdem wir alle eine kurze Zigarette rauchen waren, tanzten wir erneut den *Pas de deux* – dieses Mal ohne Erektion. »Geht doch«, sagte Gustav. Henri konnte sich das Grinsen nicht verkneifen, obgleich er es versuchte. Als ich wieder zu Hause war, holte ich mir einen runter und dachte dabei an Henris Körper. Ich bin nicht verliebt in diesen Mann, ich verliebe mich nicht mehr in heterosexuelle Männer, aber ich dachte an seine Waden, seinen Bauch, seine Haare, und ich spritzte im weiten Bogen auf meinen roten Perserteppich. Du hast als Kind den kleinen Rudolph in »Elisabeth« gespielt, im MUSICAL!, dem Theater der Schwulen, alle Schwulen lieben Musicals, alle im Musical sind schwul, selbst die Heten tragen Paillettenoberteile in Regenbogenfarben. Und du hast plötzlich den Rudolph gespielt. Wie ich dich kenne, hast du keine Sekunde an deiner Sexualität gezweifelt, du wusstest schon immer, wer du bist, wer du sein kannst, wer du sein willst. In unserer Schule haben die anderen Kinder gesagt, *der Konrad ist schwul, der macht jetzt Musical*, dir waren diese Sprüche egal, ich bin mir sicher, dass du dich nicht nur cool stelltest, sondern dass das wirklich an dir vorüberging, schließlich hast du auch schon als Kind nicht verstanden, was schlimm daran sein sollte, schwul zu sein. Das konnte ich alles nicht, natürlich nicht. Wie ging es dir, als du das erste Mal eine *Susi* tragen musstest? Oder das zweite Mal? Hat dich jemals diese Schnur in der Arschritze gestört? Hat dich diese Profi-Unterhose je an deiner Männlichkeit zweifeln lassen?

siebenundzwanzig

KONRAD Keine Blumen, würde ich sagen. Und wir spielen ein Lied von Hildegard Knef, wenn die Urne ins Wasser geworfen wird.

ICH Welches Lied?

KONRAD Weiß ich noch nicht. Kennst du ein passendes?

ICH Ich weiß nicht, sie hat nur Hits geschrieben, jedes Lied ist fantastisch. Bitte nicht die »Roten Rosen«, das ist zu klischeehaft. Außerdem hat es der Vater gehasst. Ich hör mal rein und suche eins aus, okay?

KONRAD Hast du nicht als Kind immer die Platten von Papa gehört?

ICH Doch habe ich, aber niemals die Knef. Zwischen all den Schlagern war eine CD von Meat Loaf, das ist etwas ganz anderes. Obwohl Meat Loaf irgendwie auch Schlager ist, oh Gott, Meat Loaf würde mich jetzt töten für diese Aussage.

KONRAD Wir werden schon ein passendes Lied finden.

ICH Wen laden wir ein?

KONRAD Nur die Wichtigsten, würde ich sagen. Auf so ein Schiff passen ja auch nicht viele.

ICH Wie viele waren wir beim Onkel?

KONRAD Um die dreißig, glaube ich. Ein paar mehr werden es diesmal schon werden, viele Leute nehmen Anteil an seinem Tod.

ICH Wenngleich Papa auch nicht viele Freund:innen hatte.

KONRAD Aber Menschen, die sich um ihn sorgten, schon.

ICH Vielleicht aus dörflichem Pflichtgefühl.

KONRAD Vielleicht auch aus ehrlicher Empathie.

Da war der Moment mit meiner allerersten Schultasche. Ich war gerade sechs Jahre alt. Es war der Sommer vor meinem ersten Schultag. Wochen davor hatte ich eine kindliche, aber nicht kindische Panikattacke gehabt, tiefe Angst, dass meine Schultasche für den besonderen ersten Schultag verschwunden wäre. Ich hatte sie mit allen dazugehörigen Utensilien schon vor einiger Zeit zum Geburtstag bekommen. Unser Vater verstaute sie in irgendeiner Kammer, bis es an der Zeit sein würde, die Sachen zu Schulbeginn erneut hervorzuholen. Plötzlich dachte ich, meine schöne Schultasche wäre verlorengegangen. Ich dachte, ich würde in ein paar Wochen nicht in die Schule gehen können. Es ist eigenartig, dass ich mich so plastisch an diese frühe Geschichte erinnere, andererseits waren diese Gefühle damals so bedeutend für mich, dass sie sich in meinen Körper einbrannten. Ich bekam einen Heulkrampf. Ich schlug um mich. Ich hatte solche Angst. Zuerst war niemand da, der das hätte mitbekommen können. Ich war noch immer außer mir, als du und der Vater bemerkten, dass etwas mit mir nicht stimmte, und ihr zu mir kamt. Als der Vater endlich aus meinen wirren, zusammenhanglosen Sätzen entnehmen konnte, worum es ging, holte er die Schultasche, um mich zu beruhigen. Und ich beruhigte mich. Die direkte Konfrontation mit der Realität ließ meine Panik verschwinden. Die Schultasche war nicht verlorengegangen. Sie war noch da. Ich sah sie vor mir. Alles war gut. Ich war erschöpft. Ich habe später tief geschlafen, diese Emotionen hatten mich so viel Kraft gekostet. Die Situation löste sich schnell auf, ich erinnere mich kaum noch daran, das Problem schien behoben zu sein, das Kind war beruhigt, es wurde nie wieder darüber gesprochen. Ich weiß nicht, verlange ich zu viel, wenn ich mich frage, warum der Vater damals nicht weiter auf diese Angst einging? Hatte er selbst Angst, dieses Gespräch mit mir zu führen? Am ersten Schultag stolzierte ich jedenfalls ebenso selbstsicher wie ängstlich mit meinem, mit Disney-Motiven bedruckten, Plastikmüll auf dem Rücken in die Klasse.

KONRAD Kennst du »Ich bin zu müde, um schlafen zu gehen«?
ICH Nein, weiß nicht.
KONRAD Von Hildegard Knef.
ICH Wüsste jetzt nicht.
KONRAD Vielleicht passt das.
ICH Sollen wir es uns kurz anhören?
KONRAD Gerne. Alexa! Mach bitte »Ich bin zu müde, um schlafen zu gehen« von Hildegard Knef an!

Mein Bruder sagt zu seinem Computer *bitte*, was er früher ruhig auch öfter zu mir hätte sagen können. *Bitte* und *Danke*.

Stumm sitzen wir zwei Minuten und dreiundfünfzig Sekunden lang da und hören uns das Lied an. Ich kann mich nicht konzentrieren, ich denke daran, dass ich einmal zu Weihnachten – es war schon spät in der Nacht und wie so oft in meiner Jugend konnte ich einfach nicht schlafen – meinen Vater im zweiten Wohnzimmer gefunden habe, als er besoffen mit Kopfhörern Hildegard Knef hörte, so laut, dass er nicht einmal merkte, dass ich den Raum betrat, wobei Hildegard Knef ja mehr als Schlager ist, Knef war eine Künstlerin, ich selbst mag ihre Musik auch gerne. Irgendwie liebe ich sie. Er muss sich in diesem Moment unendlich frei gefühlt haben. Der Vater mochte Schlager generell sehr gerne, und ich mochte diese zerbrechliche Künstlerin. Doch begegne ich ihr immer noch mit einem gewissen Abstand, mit Vorsicht, da ist Gefahr. Schließlich »gehörte« sie meinem Vater. Ich mochte Hildegard, aber mein größtes Ziel war es, unseren Vater nicht zu imitieren. Bei unserem Vater hatte ich stets das seltsame Gefühl, dass er nach meiner Mutter den Frauen abgeschworen hatte und nur mehr Hildegard an sich heranließ, dass er nahezu verliebt war in diese längst tote Frau. Ich glaube, er hatte eine starke Sehnsucht, ihr nahe zu sein. Der Song ist zu Ende und du fragst mich, wie ich ihn finde. *Sie müssen nicht zuhören und auch nichts verstehen / Ich muss nur mit jemandem reden.* Ich denke, der Song passt gut, ich mochte ihn, das sagte ich dir.

ICH Hast du eigentlich Freund:innen?
TOP1979 Natürlich.
ICH Viele?
TOP1979 Es geht, ein paar gute. Sind wir keine Freunde?
ICH Doch irgendwie schon.

Ich stapfe vor mich hin, unter der Mittagssonne, auf dem Weg nach Hause, Hildegards Stimme in meinem Kopf. Sie möchte schlafen gehen, aber sie ist zu müde, sie ist zu müde, um schlafen zu gehen.

achtundzwanzig

Dann gab es noch die Geschichte mit der Rutsche. Als Kind hatte ich heftige Wutanfälle, wie ich sie heute nicht mehr habe. Ich weiß nicht, warum, aber oft fanden diese im Auto statt. Überhaupt finden Streitigkeiten und Konflikte oft im Auto statt, ich bin so oft mit dir und Karin irgendwo hingefahren, immer streitet ihr, egal, ob du fährst oder sie, egal, wer etwas falsch macht, dieser Ort ist eine Oase des Streits. Ich war noch ganz klein, ich denke, etwa sieben Jahre alt. Wir waren in einem Restaurant gewesen, recht edel, unser Vater liebte es, in teure Restaurants zu gehen, ich war vier Jahre alt, als ich das erste Mal Kaviar im Restaurant bekam. Unser Vater glaubte vielleicht, damit etwas gutzumachen, dabei war uns das als Kindern egal, oder? Mir zumindest, für dich kann ich nicht sprechen. Es gab im Hof des Restaurants einen Spielplatz mit einer Korbschaukel und einer Rutsche. Zuerst habe ich mich in die Korbschaukel gesetzt und du hast mich angestoßen, so stark du nur konntest. Ich weiß nicht, ob ich so viel Spaß gehabt hätte, wenn nicht du es gewesen wärst, der antauchte, doch ich lachte schallend, ich erinnere mich genau an das Glücksgefühl und auch an die Angst, weil mir das Schaukeln so wild vorkam. Wir rutschten ein paar Mal, doch die Rutsche verursachte nicht die gleiche Euphorie wie die Korbschaukel. Dann gab es Nachtisch, ich erinnere mich nicht mehr, was es war, bevor wir für die Heimfahrt ins Auto stiegen. Der Vater fragte mich, warum auch immer, was mir am besten gefallen hätte, und ich antwortete voller Freude: »Die Korbschaukel war viel besser als die rote Rutsche.«

Mir gefiel die Alliteration, rote Rutsche, nicht wissend, was eine Alliteration ist, und ich betonte vor allem das *R*, rollend, wie ich es schon als Kind gut konnte und damit in der Schule oft angab und dann manchmal sagte, dass mein Bruder das auch könnte, der sei jetzt Musical-Darsteller und Musical-Darsteller müssten das können, ihr *R* rollen.

ICH Die Korbschaukel war viel besser als die rote Rutsche.

KONRAD Ich habe ihn richtig wild angeschubst.

ICH Ja, das war cool.

KONRAD Aber dir Rutsche war nicht rot, die war blau.

ICH Stimmt gar nicht, die Rutsche war rot. Eine rote Rutsche. *Rrrr.*

KONRAD Bist du blind? Die Rutsche war blau.

ICH Nein, die Rutsche war rot.

KONRAD Du bist so dumm, nicht einmal Farben kannst du unterscheiden.

So in etwa hat das Gespräch begonnen, das zu einem großen Streit eskalierte. Auch wenn es scheinbar um Lappalien ging, rief dieser Konflikt die größten Emotionen in mir hervor. Ich war mir so sicher, dass die Rutsche rot war. Ich hatte noch das genaue Bild vor Augen. Doch du bestandest darauf, dass die Rutsche blau war. Der Vater, der jetzt schon wieder keine Lust mehr auf seine Rolle als alleinerziehender Papa hatte, versuchte ohne ehrliche Anstrengung, den Streit zu beenden, und meinte einfach, dass das doch egal sei. Doch mir war es nicht egal, ich schrie und weinte, und du lachtest, erfreutest dich an meinem Kummer und nanntest mich eine Heulsuse. Als wir zu Hause ankamen, ich noch immer voller Emotionen, versuchte ich erneut, mich an die Rutsche zu erinnern – du hattest den Streit schon beiseitegelegt und widmetest dich etwas anderem, es hatte keinen Belang für dich – im Gegensatz zu mir, dem das existentiell erschien. Ich versank schon immer in der Vergangenheit, bevor ich mich in die Zukunft stürzen konnte, wie du es permanent tatst. Ich versuchte, mich zu erinnern, und plötzlich sah ich eine blaue Rutsche vor mir. Ein dunkles Blau, nicht wie der Himmel, eher wie das tiefste Meer – fast schwarz. Habe ich mich geirrt? Ich schämte mich für meinen Wutausbruch, für meine Tränen. Du hattest recht, die Rutsche war blau. Ich zweifelte an meiner Wahrnehmung, ich dachte darüber nach, ob wir alle überhaupt dieselben Farben wahrnahmen, oder ob jede:r Farben anders sieht. Ich dachte darüber nach, dass ich eine neue Farbe erfinden wollte, mit der ich alle Rutschen der Welt einsprühen würde. Ich hatte tiefe Angst – einerseits ob der Macht meiner Gefühle, andererseits wegen des Verlusts von Vertrauen in meine Wahrnehmung. Und zum ersten Mal in meinem Leben fühlte ich die lähmende Gewalt der Scham. Du weißt, ich bin kein besonders schambehafteter Mensch, heute noch weniger, doch in diesem Moment schämte ich mich, wollte mich auflösen: Wie übertrieben war mein Gefühlsausbruch gewesen, wie peinlich hatte ich mich aufgeführt. Tagelang habe ich versucht, mich unsichtbar zu machen, mich eigenartig verhalten, bei allem nachgefragt, ob ich es dürfte.

Ich erinnere mich noch genau daran, ich war erst sieben Jahre alt, ich ging zu dir und entschuldigte mich schließlich nach ein paar Tagen: »Die Rutsche war blau, ich habe mich geirrt, es tut mir leid.« Heute bin ich verblüfft von der Stärke und Reife, die diese Entschuldigung erfordert haben muss, so ein Handeln hatte mir in der Familie niemand beigebracht. Du nahmst die Entschuldigung jedoch nicht an, sondern sagtest nur, wie blöd ich sei. Ich weinte, aber dieses Mal heimlich. Ich war sieben, es konnte vorkommen, dass mich meine Erinnerungen und Wahrnehmungen täuschten, und in einer Sache hatte unser Vater dann doch recht: Es ist doch egal. Mich aber stürzte die ganze Geschichte mit der Rutsche in eine tiefe Depression. Wenn ich in der Schule malte, sah ich mir jeden Stift genau an, um sicherzugehen, dass er die richtige Farbe hatte. Ein Kind in meiner Klasse war farbenblind und malte immer orange Bäume, plötzlich hatte ich Angst, dass es mir genauso ginge. Habe ich immer orange Bäume gemalt, wenn ich dachte, es sei das satteste Grün? Die Rutsche war blau, wie hatte ich mich nur irren können? Ich war streng zu mir.

Es war etwa zehn Jahre später – ich war sechzehn –, als wir wieder dieses Restaurant besuchten. Wieder zu dritt. Ich denke, dass du dich nicht mehr an den Streit erinnern konntest, ich jedoch saß angespannt vor meiner Hauptspeise und konnte an nichts anderes denken als an mein eigenes Versagen, der Körper erinnert sich schnell, wenn er bekannte Orte besucht, wir kennen das alle. Nach dem Hauptgang ging ich in den Hof eine rauchen, der Spielplatz hatte sich gar nicht verändert, außer des Lacks, der sich langsam von den Metallgerüsten löste. Ich kletterte mit einer Zigarette im Mund die Rutsche hoch und rutschte hinunter. Irgendwie traurig und einsam, ich machte kein Geräusch, wobei ein kleines »Hui!« bestimmt angebracht gewesen wäre. Die Rutsche war rot.

Die Bestattung

Ist es okay, dass wir an Todestagen oder bei Beerdigungen kollektiv so tun, als wäre ein Egoist in Wahrheit ein aufrichtiger und guter Mensch gewesen? Gehört das dazu? Dass wir uns bemühen, den positiven Erinnerungen mehr Raum zu geben als den negativen?

Ich erinnere mich an das kleine Schiff auf der Donau, das bereits auf uns wartete. Die Sonne schien zum ersten Mal seit Tagen. Aber nicht nur wegen des Wetters war mein Gesicht frisch und mein Blick fokussiert. Ich erinnere mich an gute Laune, eine gute Stimmung – trotz des angelernten Katholizismus, der sagt, man dürfe auf einer Bestattung keine gute Laune haben. Meine Freude besiegte allerdings schnell den Rest-Christen in mir, der nach all den Jahren noch vorhanden war und wohl immer sein wird, und ich erlaubte mir, keine Schuldgefühle zu haben. Ich lächelte ja auch nicht wegen des Todes unseres Vaters – sondern wegen unseres (toten) Vaters.

Ich erinnere mich an dich im Anzug, Karin im Anzug (wie bei eurer Hochzeit, immer Anzug), ein paar weitere Leute im Anzug, im Kleid, manche auch leger gekleidet, was für mich deutlich besser zu diesem Event passte. Insgesamt waren es wohl um die 25 Personen inklusive uns beiden, den zwei Angestellten der Bestattungsfirma und dem Kapitän. Im Vorhinein hatte ich lange überlegt, ob wohl viele oder wenige Menschen kommen würden, um unserem Vater *die letzte Ehre zu erweisen*. Ich erinnere mich allerdings auch daran, dass ich an dem Tag selbst keine Gedanken mehr an die Anzahl der Trauernden verschwendete. Ich konnte nicht sagen, ob es viele oder wenige waren. Es ist offensichtlich, dass Papa keinen großen Bekanntenkreis hatte, er brauchte das nicht und er mochte keinen Smalltalk, was wahrscheinlich schon einen Großteil der durchschnittlichen Menschen eliminierte. Ich kann das sogar verstehen. Je älter ich werde, desto mehr erkenne ich, dass mich zwar viele Menschen geprägt haben – dass aber doch nur eine Handvoll übrigbleibt, für die ich bereitwillig meine gesamte Zeit und meine Ressourcen aufwenden will. Mehr als vier oder fünf wirklich liebste Menschen hätten gar keinen Platz in meinem Leben – und das erscheint mir bei der Bestattung zum ersten Mal auch richtig.

Ich erinnere mich an Beileidsbekundungen und Händeschütteln. Traditionen, die glücklicherweise sehr strikten Regeln folgen, sodass Tollpatschigkeiten gar nicht stattfinden können. Ich weiß bis heute nicht, wie man einen Menschen gut tröstet. Über den Tod zu reden, macht mir allerdings weniger aus als den meisten.

Ich erinnere mich an Gesichter und Körper, die sich zu einer ganz bestimmten Situation verhielten. Ich kannte nicht alle Anwesenden persönlich, du vielleicht schon, ich hatte dich gar nicht gefragt. Ich konnte manche Gesichter nirgendwo zuordnen, während die Gäste auf der anderen Seite mich mit Sicherheit trotz der Veränderungen sofort erkannten. Mich störte dieses Ungleichgewicht nicht. Ich mochte es sogar ein bisschen.

Ich erinnere mich, dass ich ein paar Stunden zuvor –
bevor ich meine Wohnung verließ – noch eine Folge
SCRUBS angesehen hatte. Als ich die Serie in den
frühen ooer-Jahren das erste Mal sah, liebte ich sie
sehr. Du mochtest sie auch, oder? Vor etwa zehn Jahren habe ich mir aus Nostalgie wieder ein paar Folgen angesehen und war erschrocken, wie schlecht die
Scherze über Männlichkeit und Vaterkomplexe ge-
altert waren. Ich konnte sie kaum ertragen. Es tat ein
bisschen weh, eine schöne Jugenderinnerung zerbre-
chen zu sehen, aber nicht einmal die Nostalgie reichte
damals, um ein gut gemeintes Auge zuzudrücken. Am
Tag der Bestattung wollte ich ohne bestimmten Grund
die Folge aus SCRUBS sehen, in der Brendan Frasor
die ganze Zeit Fotos schießt – und sie gefiel mir gut.
Vielleicht schaue ich sie in zehn Jahren wieder und
mache erneut den Abgleich – vielleicht auch mit dir
gemeinsam.

Ich erinnere mich an unseren Gameboy und an Poké-
mon und daran, dass du dir zu Beginn bei Dr. Eich
immer ein Glumanda geholt hast, ich aber ein Shiggy.
Du wolltest Feuer. Ich wollte Wasser.

Ich erinnere mich an mein Geburtstagsgeschenk für
dich vor ungefähr 15 Jahren – diese Performance, zu
der ich dich schleppte. Ich bildete mir ein, ich müsste
dich mit einem speziell auf deine vermeintlichen
Lücken ausgerichteten Kulturprogramm »erziehen«.
Ich konnte auch ein übergriffiges Arschloch sein.

Ich erinnere mich an deine Geburtstagsparty in diesem
Restaurant, als ich mich nicht traute, irgendeine:n dei-

ner Freund:innen anzusprechen – wie einsam fühlte ich mich an diesem Abend! Ich erinnere mich, dass du mir zu einem meiner Geburtstage eine besondere Flasche Rotwein geschenkt hattest und sich meine Abneigung gegen Luxus noch weiter steigerte.

Ich erinnere mich an ein Gemälde mit Blumen, davor du – sitzend – mit deinem Sohn auf dem Schoß. Du beschreibst deinem Sohn das Bild detailliert.

Ich erinnere mich an Masturbation während der Pubertät, die damit einhergehende Intimität, das Unabsichtlich-erwischt-Werden, weil ich vergessen habe, das Bad abzuschließen, und die seltenen kollektiven Selbstliebe-Erfahrungen auf Landschulwochen oder Tanzcamps. Ich habe Brüderpaare kennengelernt, die sich austauschten über Selbstbefriedigung, und Brüderpaare, die das nicht taten – keines davon scheint mir besser oder schlechter zu sein.

Ich erinnere mich an Geschichten über unseren Stammbaum und Geschichten über einen liebenden Gott im Himmel – und dass ich als Kind eine Zeitlang dachte, unser Urgroßvater wäre Gott gewesen.

Es überraschte mich selbst ein wenig, aber ich habe es genossen, bei meiner Rede vor den 23 Leuten und vor dir zu stehen und zu sprechen. Ich habe mich mehrmals verhaspelt, ich habe zwei Sätze grammatikalisch ganz anders begonnen, als sie schließlich endeten – obwohl ich tagelang jeden Satz auswendig gelernt hatte. Trotzdem habe ich es genossen. Ich habe nicht so schnell und eilig gesprochen, wie ich es sonst tue, sondern habe mich diszipliniert zur Langsamkeit gezwungen – jede Kunstpause zelebrierend.

Ich weiß nicht, ob es manche Gäste als seltsam emp-funden haben, dass ich den ganzen Tag nicht weinen musste, sondern permanent dieses strahlende, lächelnde Gesicht präsentierte. Vielleicht dachten ein paar Leute sogar, ich wäre schadenfroh oder hätte Genugtuung empfunden. Was nicht der Fall war. Ich war einfach einen Tag lang glücklich auf diesem Schiff mit diesen Menschen.

Ich erinnere mich an einige Taxifahrten, als ich begann, auszugehen. Auch wenn wir in verschiedene Clubs mit verschiedenen Menschen gingen, teilten wir uns damals immer wieder das Taxi nach Hause ins Dorf, um Geld zu sparen. Bei einer dieser Fahrten hast du 50 Euro gezahlt, weil ich zu viel getrunken hatte und mich staccatoartig übergeben musste. Du hast es nie dem Vater erzählt. Aber drei Wochen später wolltest du die 50 Euro zurückhaben, sie waren nur geliehen.

Ich erinnere mich an einen Artikel, den ich vor Kurzem gelesen habe. Darin stand, dass Homosexuelle Harmo-nie suchen würden, während Heterosexuelle Wider-stand anstrebten. Es hieß, ein homosexueller Mensch würde einen Apfel meistens zu einem anderen Apfel legen. Der heterosexuelle Mensch würde den Apfel neben eine Birne oder eine Orange legen. Eigentlich glaube ich, dass das Quatsch ist und eine pauschale Vereinfachung.

Ich erinnere mich an Muttertage und an dich als kleiner Bub an Muttertagen.

Unsere Mutter war nicht unter den Gästen der Bestattung, was ich mir schon gedacht hatte und was dich wahrscheinlich sogar freute, damit du deine Verurteilung aufrechterhalten kannst. Vielleicht sogar zu Recht. Mich stört es noch immer manchmal, dass du nicht versuchst, ihre Position und ihre Entscheidung nachzuvollziehen, und dass du die ganze Geschichte in Schwarz-Weiß siehst statt mit all ihren Graustufen. Aber ich kann es halbwegs verstehen. Lange Zeit dachte ich, du würdest unsere Mutter wegen deiner Männlichkeit hassen. Ich dachte, dein Charakter würde deiner Männlichkeit entspringen. Verstehe mich nicht falsch: Ich denke nicht, dass Männer generell der Teufel sind. Aber ich denke schon, dass Männer im Patriarchat sehr schnell der Teufel sein können. Ich weiß schon lange, dass *ich* selbst nicht einfach nur ein Mann bin. Aber ich beginne zu lernen, dass auch du vielleicht nicht einfach nur ein Mann bist. Es sind nicht deine Persönlichkeit oder dein Temperament, sondern deine bewusste Entscheidung und dein überlegtes Handeln, das dich bestimmte Dinge tun lassen. Damit kann ich umgehen. Die Präsenz deines Körpers und deines Sprechens kann erst einmal nichts dafür, dass ich sie als Bedrohung wahrnehmen kann.

Ich habe dich vor Kurzem gefragt, ob du jetzt schon manchmal Wehmut empfindest, wenn du daran denkst, dass dich dein Sohn irgendwann einmal verlassen wird. Eine Zeitlang habe ich das sämtliche Eltern in meinem Umfeld gefragt, ich war unfassbar neugierig, ich kenne das selbst ja nicht. Aber ich denke, es ist so, dass man als Vater das eigene Verlassenwerden vorbereiten muss. Niemand wollte oder konnte meine Fragen annähernd beantworten. Auch du nicht. Es wirkte beinahe, als gäbe es da ein kollektives Verdrängen. Du hast so getan, als wüsstest du nicht, wovon ich reden würde, aber ich glaube, du hast jetzt schon Angst, dass dein Sohn auszieht und immer seltener nach Hause zu Besuch kommt.

Ich sagte nicht viel über den Vater in meiner Rede, zumindest nicht explizit. Ich erzählte davon, dass ich vor einigen Jahren ins Kino gehen wollte, um CALL ME BY YOUR NAME zu sehen – mit Timothée Chalamet. Ich erzählte, wie es war, als du plötzlich aufgetaucht bist und wir den Film gemeinsam ansahen. Normalerweise würde ich zwanghaft darüber nachgrübeln, was die Leute von mir denken und wie sie mich bewerten, ob sie verwirrt sind, weil ich über scheinbar Beliebiges oder Belangloses spreche – an *dem* Tag, der eigentlich meinem Vater gehören sollte. Sollte er das?

Du hast nie wirklich nachvollziehen können, was ich an dem Film auszusetzen hatte. Stattdessen hast du mir zu meinem nächsten Geburtstag das *Buch mit den Dingen, die besser werden*, geschenkt. Du warst stolz auf dein Geschenk, das sah ich. Denn du hattest nun den Beweis – schriftlich –, dass die Welt Schritt für Schritt eine bessere würde. Ich kann mich nicht mehr genau an die Statistiken und Beweisführungen erinnern, die das Buch für diese These herangezogen hat, aber ich deklarierte selbstbewusst, dass das Buch blödsinnig war. Und ärgerte mich wegen deines übergriffigen Geschenks. Als ich dir erklärte, warum das Ende in CALL ME BY YOUR NAME politisch fragwürdig wäre, meinte ich nicht, dass man obsessiv versuchen solle, nur noch das Positive zu sehen. Du hast mir ein Buch geschenkt, das mich trösten sollte über das unglückliche Finale meines schwulen Films. Aber dein Buch manifestierte wieder nur den Mainstream. Du hast nicht kapiert, dass ich kein Happy End ersehne, sondern ein *queeres* Happy End. Als ich das zu dir sagte, nanntest du mich einen negativen Menschen. Ich würde immer nur meckern und alles schlechtreden und hätte verlernt, das Schöne in der Welt zu sehen. Du wolltest so sehr daran glauben, dass die Welt permanent besser wird. Und ich wollte daran glauben, dass man dorthin gehen soll, wo es wehtut.

Karin umarmte mich später und lobte meine Rede, was mich überraschte. Auch sie hatte ein strahlendes Lächeln im Gesicht, ähnlich wie meines. Sie war am Tag der Bestattung eine große Unterstützung. Was immer sie machte, hat sie so perfekt gemacht, dass ich sogar vergessen habe, mich am Ende bei ihr zu bedanken, so unauffällig und scheinbar beiläufig hat sie alles bewerkstelligt. Ich werde es nachholen. Sie saß am Steuer des Autos, obwohl du selbst fahren wolltest, weil du immer selbst fährst. Aber sie ließ es nicht zu. Das imponierte mir.

Nachdem die Urne ins Wasser gesenkt worden war, standen wir noch eine Zeitlang am kleinen Deck des Schiffs. Peter, der extra aus Graz angereist war, stellte sich zu uns: »Schön habt ihr das gemacht.« Ich nickte und bedankte mich. Peter sah gut aus, erholt, er sah besser aus als vor zehn Jahren, als ich ihn das letzte Mal gesehen hatte. Irgendwann muss ich ihn anrufen. Und dann sagte er noch etwas wie: »Als ich früher auf euch aufgepasst habe, wart ihr immer so brav. Ihr habt so lieb miteinander gespielt und seid fast immer ohne Widerstand ins Bett gegangen.« Ich weiß nicht mehr genau, ob mich seine Aussage überraschte. »Wisst ihr eigentlich, dass ich mir oft heimlichen Besuch zu euch eingeladen habe, während ihr geschlafen habt? Irgendwann wussten schon alle Leute, dass man Bier und ein Auto organisieren musste, wenn ich babysittete. Wir haben die schlimmsten Partys gefeiert, während ihr oben geschlafen habt.« Das hatte ich noch nie gehört. Peter ist nur wenige Jahre älter als du, aber er war damals alt genug, um an manchen Abenden auf uns aufzupassen. Peter erzählte auch, dass unser Vater ihn einmal bei einer dieser Partys erwischt hatte, als er früher nach Hause kam. »Er war richtig böse, das habe ich sofort gemerkt. Aber nachdem alle weg waren und ich aufgeräumt hatte, setzte er sich mit mir hin und wir sprachen über Gott und die Welt. Nicht über die Party. Aber dafür über den Tod und europäische Geschichte. Euer Vater war ein seltsamer Mann, aber ich kannte ihn immer als einen Mann, der verstehen wollte. Das beeindruckte mich. Und er war sehr stolz auf euch.«

Manchmal tun wir so, als ob wir nichts mit den Menschen, die vor uns gelebt haben, zu tun hätten (sowohl Eltern und Großeltern als auch Herrschende, Revolutionäre, Überlebende und Tote). Doch wir tragen die alle mit uns herum. Wir sind manchmal wie kleine Geschichtsbücher, die mit zahlreichen historischen

Informationen in jeder kleinsten Pore durch die Straßen laufen.

Du und ich standen an der Reling, wir mussten hübsch ausgesehen haben mit dem Wind in den Haaren und den schicken Klamotten. Ich habe eine Zigarette geraucht, du hast keinen Kommentar abgegeben.

In Ehen oder Liebespartnerschaften gibt es in unserer Gesellschaft klare Regeln und Vorbilder, die man nachahmen oder verweigern kann. Selbst bei schwulen Paaren muss man sich irgendwie zu den Traditionen der Paarbeziehung verhalten. Manchmal hat es mich überfordert, dass es in Freundschaften viel diffuser zugeht. Auf dem Schiff dachte ich, dass das noch stärker für Geschwister zutrifft. Was ist denn der Inbegriff von Brüdern und Schwestern? Was sind die Regeln, die man zu befolgen hat? Wofür ist man als Bruder oder Schwester verantwortlich? Und welche Riten bietet unsere Gesellschaft? Eine große Mehrheit von uns hat Geschwister, wir denken selten über sie nach, wir reflektieren weniger intensiv unsere Beziehungen zu ihnen als zu den Eltern oder zum Partner – weil die Geschwister ohnehin einfach da sind. In gewisser Weise sind Geschwister die prägendste Nebensächlichkeit im Leben, zumindest bei mir ist das der Fall.

Ich erinnere mich an die Angst vor meiner eigenen Vergänglichkeit, als die Urne versunken war und Hildegard fertig gesungen hatte.

Ich erinnere mich an Tot-Spielen in der Kindheit und an ein sehr konkretes Gefühl für dieses eher abstrakte

Wort. Ich erinnere mich an Nachrichten und Briefe mit Kondolenzsprüchen, die nicht mehr vermochten, als das Unbehagen zu zeigen, dass man keine Sprache für das Sterben finden kann.

Ich erinnere mich an die Premiere von MÄNNER. Du warst im Publikum. Ich hatte dir klar vermittelt, dass es eine wichtige Aufführung für mich darstellte. Zumindest konnte ich erkennen, dass du das verstanden hattest.

Ich erinnere mich an die Geburt von Karl, drei Wochen nach dem ersten Todestag unseres Vaters. Karl gab es bisher keinen in unserer Familie, auch nicht bei Karin. Ihr wolltet einen unbeschriebenen Namen für euer zweites Kind. Am ersten Todestag hörten wir Hildegard und schauten auf den Fluss. Wir haben kaum über Papa gesprochen, was mich frustrierte und was ich beim zweiten Todestag anders machen wollte.

Mein lieber Bruder, vertraue mir bitte – ich bin kein negativer Mensch und ich sehe das Schöne in der Welt. Du liebst die Welt und magst keine Menschen, die immer und immer wieder nur Kritik üben, die unaufhörlich von den Ungerechtigkeiten und Verletzungen sprechen. Aber – und das versuche ich zumindest bei meiner Rede vor 24 Leuten zu erörtern – wir sehen nicht auf das Schlechte, weil wir die Welt hassen, sondern weil wir uns eine Welt vorstellen können, die wir irgendwann genau so sehr lieben können, wie ihr es tut.

An der Reling, wir schauen auf das Wasser, der Wind ist auch da.

KONRAD Ich habe dich letztens verletzt, oder? Als ich gesagt habe, du erinnerst mich an unseren Onkel.

ICH Hast du. Ich dachte, du hättest das nicht mitbekommen.

KONRAD Hab ich auch nicht. Karin brachte mich auf die Idee.

ICH Der Vergleich mit dem Onkel tut mehr weh, als wenn mich jemand einfach nur »Schwuchtel« nennt oder so.

KONRAD Warum? Unser Onkel war – trotz allem – ein toller Mann.

ICH Das war er wohl.

Und nach ein paar Sekunden hast du gemerkt, dass du mich eigentlich nicht verstehen wolltest, sondern vor allem rechthaben. Nach ein paar weiteren Sekunden sagtest du, dass es dir leidtun würde, du wolltest mir nicht wehtun. Ich bedankte mich. Als ihr mich abends mit dem Auto bis vor meine Haustüre gefahren habt, sagtest du, ich solle wieder vorbeikommen, wenn ich etwas zu berichten hätte. Ich antwortete, dass ich auch so kommen würde.

ICH Wir müssen ja dann nicht reden. Es reicht mir auch, wenn wir nebeneinandersitzen und Kaffee trinken.

Darüber musstest du lachen. Es ist auch eine komische Vorstellung. Zu zweit schweigen ist etwas sehr Intimes, finde ich. Dann lieber über das Wetter reden. Zu Hause angekommen, habe ich *keine* Nachricht an TOP1979 gesendet, obwohl ich mich nach Zärtlichkeit sehnte. Es fühlte sich aber an, als wollte ich die Zärtlichkeit nur *konsumieren.* Oder mich mit ihr von irgendetwas abgrenzen. Ich hab TOP1979 am nächsten Tag eine Nachricht geschickt, ob ich zu ihm kommen könnte. Am nächsten Tag war aber auch schon wieder alles anders und die Bestattung vorbei.

Ich versuche viel zu sehr, mir Dinge zu erklären. Die Stürme im Leben machen keine Unordnung, sie räumen auf.

Gestern war ich im Haus des Meeres. Das mache ich immer, wenn ich aus meiner Wohnung fliehen will und nicht weiß, wohin mit mir. Sie hatten gerade aufgesperrt, ich war der erste Besucher. Die meisten Aquarien kenne ich in- und auswendig, vor einem blieb ich gestern aber sehr lange sitzen, beinahe zwei Stunden. In dem Wasser schwammen eine Vielzahl von sehr kleinen Fischen – ein Schwarm, der sich kaleidoskopartig kreuz und quer durch den begrenzten Raum bewegte. Hast du gewusst, dass es in Schwärmen – egal ob bei Fischen oder Vögeln – niemals dazu kommt, dass zwei Individuen aneinanderstoßen? Ich habe gelernt, dass ein Wissenschaftler 1986 mit Computersimulationen die Regeln von Schwärmen entschlüsselt hat. Er leitete drei Regeln ab: Zuerst muss jedes Individuum immer die Mitte der sichtbaren Gesamtheit anstreben. Zweitens muss es sich wegbewegen, wenn ihm ein anderes Individuum aus welchem Grund auch immer zu nahe kommt. Drittens: Jedes Individuum muss sich in eine ähnliche Richtung wie seine Nachbar:innen und niemals in die entgegengesetzte bewegen. Chef:innen oder Rudelführer:innen gibt es bei Schwärmen nicht, alle Subjekte sind gleichwertig. Doch als Gruppe schaffen sie es, mit enormen, wabernden Gebilden Haie oder andere Feinde abzuschrecken. Ich stehe lange Zeit gebannt vor dem Schwarm im Aquarium, der mich neben den wissenschaftlichen Erläuterungen vor allem wegen seiner formvollendeten Schönheit interessiert. Auch bei Vögeln kenne ich das, wenn ich auf dem Land bin und hunderte oder tausende Vögel, einem mathematischen oder graphischen Bildschirmschoner gleich, am Himmel ihre Tänze aufführen. Die Vögel nehmen meist nur sechs oder sieben Artgenossen in ihrem Umkreis wirklich wahr – und sind dennoch Teil einer viel größeren, funktionierenden Gruppe. Zu Hause habe ich mir noch vier verschiedene Dokumentationen über Schwärme angesehen. Bei der vierten bin ich für einen kurzen Mittagsschlaf eingenickt. Ich weiß, wir Menschen sind keine Vögel oder Fische und leben nicht in Schwärmen. Aber immerhin.

Moritz Franz Beichl,

geboren 1992 in Wien, studierte an der Theaterakademie Hamburg. Als Regisseur machte er sich in Deutschland und Österreich einen Namen mit queeren Klassiker-Inszenierungen und erhielt dafür etliche Preise, darunter 2019 den Nestroy und 2023 den Kulturpreis des Landes Niederösterreich. Moritz Franz Beichl lebt in Wien. 2022 erschien sein Debütroman »Die Abschaffung der Wochentage« sowie sein erstes Theaterstück »Effi, Ach, Effi Briest« (S. Fischer Verlag).

Moritz Franz Beichl
Die Abschaffung der Wochentage
Roman, 176 Seiten
ISBN 978 3 7017 1757 6

Der Roman ist aufwühlend, mitreißend und witzig zugleich.
Alice Pfitzner, ORF, ZIB

Der Roman ist Psychiatrie-Tagebuch, Protokoll einer Depression und Bekenntnis zu Lust und queerem Begehren in einem.
Sebastian Fasthuber, FALTER

In den Aufzeichnungen aus der Psychiatrie findet Beichl einen Tonfall, der die Empfindsamkeit eines leidenden Menschen mitteilbar macht, ohne sich im Interieur extremer Subjektivität zu verirren.
Samuel Hamen, DEUTSCHLANDFUNK KULTUR

Es ist ein beachtlicher Debütroman, den Moritz Franz Beichl geschrieben hat – und es ist, wie man meinen könnte, kein tristes Buch. Denn es steckt voll renitenter Überlebenslust.
Eva Schobel, ex libris, Ö1

… und dann hat's mich aber richtig gepackt und hat mir eine Tür geöffnet in den Gedanken- und Empfindungsraum einer Person, die so etwas durchlebt. Mit diesen ganzen Irrationalitäten, aber auch mit der Kritik an dieser gesellschaftlichen Wahrnehmung von Bipolarität, von Depression, von dem Wunsch, nicht mehr leben zu wollen.
Ludwig Lohmann, BLAUSCHWARZBERLIN

Kaśka Bryla **Die Eistaucher** Roman

Kaśka Bryla
Die Eistaucher
Roman, 320 Seiten
ISBN 978 3 7017 1751 4

Was für ein kühner Wurf: eine Kälte darin und eine Hitze, dass
es einen heftig umrührt im Innersten.
Katja Gasser, ORF

Die Eistaucher beginnt wie ein vorsichtiger Spaziergang über
dünnes Eis, in das man jäh einbricht, und schon gerät man in
die Fluten, in einen Strudel, dem man sich nicht mehr entzie-
hen kann: spannend wie ein Krimi, zart und brutal zugleich,
mit Figuren, die man nicht mehr vergisst, rätselhaft und gran-
dios!
Ronya Othmann

Mit großartigen Metaphern schafft es die Autorin, für ihre Figuren große Räume zu schaffen. Sie zeigt die Unruhe der Welt,
den Wechsel der Gesellschaft, lakonisch, manchmal surreal,
ohne jemals plakativ zu werden.
Dinçer Güçyeter, DER FREITAG

Was für ein wildes, reichhaltiges, fantasievolles Buch!
Nicole Seifert, @nachtundtag.blog

Elisabeth Klar **Es gibt uns** Roman

Elisabeth Klar
Es gibt uns
Roman, 192 Seiten
ISBN 978 3 7017 1769 9

»Es gibt uns« ist ein Buch, wie ich es noch nie gelesen habe,
Leben in verschiedenen Ausformungen und diversen Gestalten:
in uns, um uns und insgesamt verwoben. Sich zersetzend und
gleichzeitig mit neuem Leben verschmelzend. Ob Bakterien,
Schleimtierchen, Schuppentiere oder mutierte Figuren aus dem
Shakespeare'schen »Sommernachtstraum«, sie alle glühen. Eine
Titania mit Geweih, einem Spinnentier, das auf ihrem Rücken
lebt, und Pflanzen, die sich um sie ranken, während Oberon als
Qualle in einem Becken stirbt und sich dann stückweise wie-
derbelebt.
Der Rausch des Erzählens springt ins Publikum über, und die
Geschichte der Geschichten der Geschichte lässt alle tanzen
bis hin zur Ekstase. Leben, wie wir es nie wirklich verstanden
haben, obgleich es sich längst auch in uns etabliert hat.
    Barbara Frischmuth

Wer das liest, ist hineingeworfen in Schrecken, Angst und die
gute Laune, die ein Theaterpublikum bei einer tollen Vorstellung immer haben wird. Und eine tolle Vorstellung ist es. Es ist
auch, als würde es ohne Menschen menschlich auf dem Rest
von Erde. (...) Ein verblüffender Science-Fiction-Roman.
    Judith von Sternburg, FRANKFURTER RUNDSCHAU